动物奇谭录

自然物语丛书

【美】小塞缪尔·斯科维尔 著 董继平 译

青海人民出版社

图书在版编目（CIP）数据

动物奇谭录 /（美）小塞缪尔·斯科维尔著；董继平译. -- 西宁：青海人民出版社，2018.12
（自然物语丛书. 第二辑）
ISBN 978-7-225-05744-6

Ⅰ.①动… Ⅱ.①小…②董… Ⅲ.①随笔－作品集－美国－现代 Ⅳ.① I712.65

中国版本图书馆 CIP 数据核字（2019）第 011313 号

自然物语丛书（第二辑）
动物奇谭录
（美）小塞缪尔·斯科维尔　著
董继平　译

出 版 人	樊原成
出版发行	青海人民出版社有限责任公司
	西宁市五四西路 71 号　邮政编码：810023　电话：（0971）6143426（总编室）
发行热线	（0971）6143516 / 6137730
网　　址	http://www.qhrmcbs.com
印　　刷	陕西龙山海天艺术印务有限公司
经　　销	新华书店
开　　本	850 mm×1168 mm 1/32
印　　张	8.5
字　　数	100 千
版　　次	2019 年 6 月第 1 版　2019 年 6 月第 1 次印刷
书　　号	ISBN 978-7-225-05744-6
定　　价	28.00 元

版权所有　侵权必究

小塞缪尔·斯科维尔

总　序

董继平

自然文学，也称"生态文学""环保文学"。自古以来，自然就作为人类的书写对象而频频出现在各类文本中：起伏的群山、连绵的森林、奔流的江河、辽阔的草原、静谧的湖泊、变换的季节、习性各异的动物和千姿百态的植物……由此，自然成为世界文学史上一大永恒的主题，千百年来，由自然产生的杰作不在少数，那些名篇佳什或天马行空，或流光溢彩，或细致入微，影响甚大且余音不绝，这一传统延续至今。

在中国，至少有两部世界级的自然文学名著深深地影响过国人：一部是法国博物学家、文学家法布尔（Jean-Henri Casimir Fabre, 1823—1915）所著的《昆虫记》，在其中，作者以锐利的眼光、细腻的笔触娓娓讲述了昆虫之美，把鲜为普通人所知的昆虫世界活脱脱地展现在读者眼前；另一部是美国诗人、超验主义作家梭罗（Henry David Thoreau, 1817—1862）所著的《瓦尔登湖》，在其中，作者用心灵之语向世人述说他在湖畔的生活，以及一个思想者、一个孤独的隐士融入自然的精神状态。其实，优秀的外国自然文学作品还远不止这两部，只不过由于我们长期的忽视，未及发现和挖掘而已。

近代自然文学的产生、发展和繁荣自有其根源，绝非偶然。从工业时代开始，人类为摆脱低下、落后的生产方式而不断追求现代化，随着这一进程不断加速，自然生态也深受其影响，不断恶化，在面对日趋严重的生态破坏的时候，人们就更加渴望回归自然的怀抱，以科学、理性的态度去善待大自然。在这种情况下，近代自然文学就应运而生。

美国自然文学的缘起

在世界自然文学的发展过程中，没有哪个国家像美国自然文学那样发达，那样繁荣，其自然文学的成就之大，场面之壮观，在全球范围内可谓一枝独秀，在区区 200 年的时间里人才辈出，佳作纷呈，形成了群星璀璨、层出不穷的局面，让人目不暇接。美国自然文学的问世与发展，也自有其渊源。当年，与欧洲那片老大陆相比，美洲这个新大陆尚属蛮荒之地，但在1789年美国建国以后的几十年里，工业飞速发展，经济建设一路突飞猛进，经济实力也渐渐迎头赶上欧洲老牌工业国。

然而，正是在那几十年的飞速发展中，美国却为现代化进程付出了牺牲自然环境的沉重代价，其自然资源遭到了掠夺性开发，生态环境遭到极大破坏。比如，1869年竣工通车的那条横跨美国大陆的铁路，一方面带活了沿线的经济，为美国的进步和发展做出了巨大贡献，另一方面却让曾经在大陆上到处漫游的野牛加速消失。这条铁路建成通车之后，大批猎人便蜂拥来到原来野兽出没的蛮荒之地，致使美洲野牛种群急剧减少。这样的情况，美国第26任总统西奥多·罗斯福在他的《美洲野牛的故事》一文中曾经有过详细的描述：

"……铁路对于猎人不可或缺，为他们提供了前所未有的廉价交通工具；同时，市场对野牛皮长袍的需求也有增无减，原本数量巨大的野牛又相对容易猎杀，于是就吸引了一群群冒险者赶来狩猎，掀起了一场世所罕见的野牛大猎杀，结果在极短的时间内，这种原本众多的大型动物被消灭了，这是前所未有的——好几百万头野牛遭到了杀戮……在那场大规模杀戮开始之后的15年内，巨大的野牛群体几乎消失殆尽。如今在美国大陆上，据说很可能只剩下500群野牛，而且自从1884年以来，已经没有一群野牛的数量超过100头了。"

面对自然环境的日趋恶化，一批有识之士便开始为保护自然积极奔走、大声疾呼，而美国人民也逐渐认识到日益逼近自己生活的诸多生态问题，大约在19世纪50年代至20世纪20年代这70年间，美国社会兴起了一场声势浩大的自然保护运动，其影响之大，覆盖面之广，持续时间之长，均令世界瞩目。在这场运动中，一些相关人士著书立说，大力宣传自然生态保护观念，从客观上促成了自然文学的蓬勃发展。此间不仅大家辈出，而且还逐渐形成了美国文坛上的"自然文学"这一特殊文体，并蓬勃发展。到了20世纪下半叶，环境保护运动在美国到达了鼎盛，同时也在全世界范围内不断扩展，随着这一运动的不断深化，自然文学愈加受到人们关注，并形成了一个庞大的作者群体，这些作家均以自然为写作主题和对象，着重以科学的方式来揭示和探讨人与自然的关系，号召人们走进荒野，倡导人们与自然建立亲密联系，保护大自然的完整和野性，呼吁人们以更平等、更和谐的方式来处理人类与自然之间的关系。

美国自然文学的三位先驱

尽管有些文学史家认为约翰·史密斯（John Smith，1580—1631）的《新英格兰记》和威廉·布雷德福（William Bradford，1590—1657）的《普利茅斯开发史》是美国自然文学的最早雏形，但真正意义上的第一位先驱当属博物学家威廉·巴特拉姆（William Bartram，1739—1823）。巴特拉姆也算出生于自然文学世家，他的父亲是"美国植物学之父"——约翰·巴特拉姆，因此威廉·巴特拉姆从小便受家学的熏陶,一边在父亲的植物园中徜徉,一边倾听鸟语,享受花香。从严格意义上讲,威廉·巴特拉姆算得上美国自然文学上的第一位大家,在其代表作《旅行笔记》中,他以细致而生动的笔触描述了尚处于原始状态的美国东南部的自然风景,用亲身感受讲述了那里的自然荒野之美。这部著作于1791年一问世,便在欧洲引发了强烈的反响,颇得好评,即便是柯勒律治那样的英国浪漫主义大诗人也对其大加赞赏。更重要的是,他在《旅行笔记》中告诉我们,地球上的一切生物都绝非呆若木鸡,相反它们都很聪明:"如果你留心一下任何动物,就会发现它们的效率高得让人震惊。它们行动前会精心策划,而且富有恒心、毅力和计谋。"这样的观点,无非是要让我们去尊重自然和自然中的生命。

当然,美国自然文学的先驱不止巴特拉姆,除他之外,还有热爱鸟类、毕生沉浸于荒野的亚历山大·威尔逊(Alexander Wilson,1766—1813)和约翰·詹姆斯·奥杜邦(John James Audubon, 1785—1851)。威尔逊是自然主义者,原籍苏格兰,热爱描写和绘画鸟类,被后来的博物学家尊为"美国鸟类学之父"。他所著的9卷鸟类描述著作《美国鸟类学》(1808—1814)内有彩页,比另一位先驱奥杜邦的著作要早将近20年。如今在北美大陆上,有多种鸟类就是以他来命名的,比如威尔逊鹟和威尔逊鹬。约翰·詹姆斯·奥杜邦是美国著名画家、博物学家,原籍法国,他深入荒野研究鸟类,其绘制的鸟类图鉴被尊为"美国国宝"。他一生留下了无数画作,每部作品不仅是科学研究的重要资料,也是不可多得的艺术杰作。他出版了《美洲鸟类》

和《美洲的四足动物》两本画谱,其中《美洲鸟类》被誉为"19世纪最伟大和最具影响力的著作"。这两位先驱的作品对后世野生动物绘画产生了深远的影响,同时也对普通公众产生了巨大的吸引力,至今仍被频频引用。

超验主义和自然文学团体的形成

真正形成了团体、在一定的哲学观念影响下投身于自然的作家,则是美国文学史上那批著名的超验主义者。

超验主义(transcendentalism)兴起于19世纪30年代的美国新英格兰地区,又被称为"美国文艺复兴",深刻地影响了后来的美国文学和哲学的发展。超验主义的核心观点:主张人能超越感觉和理性而直接认识真理,强调直觉的重要性,认为人类世界的一切都是宇宙的一个缩影——"世界将自身缩小成为一滴露水"(爱默生语)。

超验主义的领袖拉尔夫·沃尔多·爱默生(Ralph Waldo Emerson, 1803—1882)在他著名的《论自然》中提出了他对自然的观点,他不仅认为"自然是精神之象征",还认为"我们从自然中学到的知识,远远超出我们能够任意交流的部分",对后世影响甚大。不仅如此,他还认为,宇宙是大自然与人的灵魂的结合,人通过灵魂与自然和谐一致。只有接近自然、感受自然,人的灵魂才能真正体会到存在的价值。

而超验主义的另一位主将亨利·大卫·梭罗(Henry David Thoreau, 1817—1862)则更是身体力行,他在爱默生的影响下深入自然,只身来到寂静的瓦尔登湖,搭建起小木屋,把自己的灵魂寄托在湖泊和山林之中。那时,他或在荒野中散步,或在树林中观察,或在湖畔沉思,悠然地体验和描写自然之美,把人与自然的关系都隐没在那些朴素的文字中。根据《美国遗产》杂志1985年的一项调查报告显示,在"十本构成美国人性格的书"中,梭罗的《瓦尔登湖》竟位居榜首,可见其影响之大。除了《瓦尔登湖》,梭罗还写下了许多涉及自然的散文和日记,他用淡淡的笔调娓娓倾诉自己的自然情怀,文字尽显自然之美,同时充满诗意或哲理。比如他的长篇散文《秋色》《散步》等篇什便是这方面的杰作。

爱默生和梭罗自不待言,在超验主义阵营中,还有一位中国读者几乎都不知道的女作家——玛格丽特·富勒(Sarah Margaret Fuller, 1810—1850),作为这个阵营中的女将,她在1843年的夏天摆脱了尘世的喧嚣,将自己的灵魂浸入北美五大湖区那湛蓝的水中,以优美的笔调写下了自然散文集——《湖上夏日》。

同一时期,还出现了一位中国读者耳熟能详的美国自然文学作家,那就是大诗人沃尔特·惠特曼(Walt Whitman, 1819—1892)。惠特曼也深受爱默生的影响(有评论家认为他也是超验主义者),他写下了不少涉及自然的诗篇和随笔。他在诗集《草叶集》中,极力赞颂自然的神奇、壮丽和伟大。他认为,大自然具有灵性,大自然的一切,包括山川、星辰和草木等都有"目的性",它们无时不在做着"向上运动",而且大自然中的一切都是平等的。惠特曼的散文集《典型的日子》更是体现了自然之灵,尽管这部作品以日记形式写成,但字里行间散发出泥土和青草的芳香,让作者那种静静地观察、倾听、体验自然的形象跃然纸上。

两个名叫约翰的自然文学大师

19世纪的最后20年里,美国自然文学界出现了两位大师——"两个约翰":"鸟之王国中的约翰"——约翰·巴勒斯(John Burroughs, 1837—1921)和"山之王国中的约翰"——约翰·缪尔(John Muir, 183—1914)。"两个约翰"是美国早期环保运动的领袖,他们分别奔走于美国东部和西部,为建立和谐的自然秩序而不懈努力。

巴勒斯是博物学家、鸟类学家,生活在东部的卡茨基尔山区,擅长描述鸟类生活,各种鸟儿在他的文字中栩栩如生,被誉为"美国乡村的圣人"和"美国自然文学之父"。他以自己长期生活的哈得孙河谷和卡茨基尔山区为中心,把自己探索自然的经历和体验写成了文字,先后出版了《醒来的森林》等25部作品集,均为传世之作。其自然文学作品影响巨大,就连曾任美国总统的西奥多·罗斯福都尊敬地宣称自己是"读着巴勒斯的书长大的"。

缪尔则是地质学家,也是一个永远在路上的行走者,这位"美国国家公园之父"以考察、研究和描写美国西部山区的风物见长,山峦与森林在他笔下熠熠生辉。经过他的奔走呼吁,美国西部一些原本计划开发的美丽山林得以保存下来,比如约塞米蒂山谷,就是在他的大力游说之下,才没有遭到过度开发的破坏,后来还被辟为国家公园。

"两个约翰"著述众多,成就巨大,对美国乃至世界的生态环保思想产生了深远的影响,成为美国文化的重要遗产。

世纪之交的作家和作品

从 19 世纪末到 20 世纪初,美国自然文学到达了一个前所未有的巅峰:除了"两个约翰",还涌现出了一大批杰出的自然文学家。尽管他们的职业各不相同,但他们都有一个共同的爱好,那就是热爱大自然。

女作家玛丽·奥斯汀(Mary Austin, 1868—1934)则独辟蹊径,她避开自然文学中通常描写的山水,深入美国西南部沙漠,研究印第安人的生活方式,以女性细腻的笔触向人们展示了荒漠之美与灵性。其代表作为《少雨的土地》。

19 世纪至 20 世纪之交是美国自然文学的一个高峰,许多作家和博物学家纷纷投身于自然文学创作,就连西奥多·罗斯福(Theodore Roosevelt, 1858—1919)——老罗斯福总统那样的政治家也客串了一把作家,推出了好几部具有影响力的著作。罗斯福是第一位对环境保护有着长远考量的美国总统,他在执政的 7 年间,采取了一些有利于国家经济建设和资源保护的措施。首先,他将 7800 公顷土地转为国有,为后人保存了大量的森林、公园、矿藏和水力等自然资源。其次,1904 年 3 月 14 日,他在弗罗里达州设立了第一个国家鸟类保护区,成为野生动物保护系统的雏形。第三,1905 年,他敦促美国国会批准成立美国林业服务局,管理国有森林和土地。第四,在他当政期间(1901-1908),美国设立的国家公园和自然保护区面积共约 78.5 万平方公里,超过了所有前任总统设立之总和,其中著名的有大峡谷国家公园等。

埃诺斯·A·米尔斯（Enos Abijah Mills, 1870—1922），"落基山国家公园之父"，他在落基山中定居，生活了20余年，充当自然导游，长期跟野生动物打交道，写下了10多部自然文学著作。他还前往美国各州发表演讲、举办讲座，号召人们保护自然生态和野生动物，不遗余力地促进美国政府建立落基山国家公园。正是在他的力促之下，落基山国家公园才在1915年得以开张迎客。米尔斯在书中娓娓道来，讲述自己与野生动物亲密接触的经历，读来让人倍感亲切。同时，他的作品融合了科普信息、田野观察和个人轶事，为读者提供了一种与众不同、别开生面的自然指南。

小塞缪尔·斯科维尔（Samuel Scoville Jr., 1872—1950），美国博物学家、自然文学家，自幼热爱自然。尽管他的本职是律师，却在博物学领域取得了不小的成就。他以青少年为主要读者，写下了多部自然文学著作。

20世纪中期的作家和作品

20世纪上半叶，美国自然文学似乎有些沉沦，这是因为两次世界大战的战火将人们的关注点转向了社会问题，无暇顾及自然生态，因而此间自然文学大作相对不多。然而到了二战之后的20世纪中期，美国又出现了两位极有影响的自然文学作家：奥尔多·利奥波德（Aldo Leopold, 1887—1948）与蕾切尔·卡逊（Rachel Carson, 1907—

1964）。其实，奥尔多·利奥波德和蕾切尔·卡逊并不是专业作家，职业也与文学创作无关，但由于当时的生态问题日益严重，他们的生态良心迫使他们动笔写书，担当起向公众宣传环保的职责。时至今日，他们的著作在全球范围内依然具有极大的影响。

奥尔多·利奥波德本来是林业学家、生态学家，长期致力于土地研究，也是美国享有国际声望的科学家和环境保护主义者，被称为"美国新保护活动的先知""美国新环境理论的创始者"。他的代表作《沙乡年鉴》1949年出版，这部著作文笔优美，富于诗意，向读者完整地传达作者的土地伦理观，引起各方的重视，成为美国自然文学史上的一个里程碑。

蕾切尔·卡逊是海洋生物学家，她在1935年至1952年供职于美国鱼类及野生生物调查所，这就使得她有机会接触到诸多环境问题，从而引发深层次的思考。她出版过若干部著作，其中1962年出版的《寂静的春天》引发了美国乃至全世界的新一轮环保运动。《寂静的春天》一书，以通俗的语言、生动的案例向公众揭示了盲目的经济发展给生态环境带来的恶果，对半个多世纪以来美国人的自然生态观念产生了巨大的影响。

20世纪下半叶以来的作家和作品

从20世纪六七十年代至今，美国的环保运动已沉淀为一种观念，自然文学也随之而不断深入、扩展，呈现出百花齐放的繁荣局面，其间景象纷纭，作家众多，作品不断，且各具特色：爱德华·艾比（Edward Abbey, 1927—1989）的《大漠孤行》(Desert Solitaire)、玛洛·摩根（Marlo Morgan, 1937— ）的《旷野的声音》(Mutant Message Down Under)、约翰·海恩斯（John Haines, 1924—2011）的《星·雪·火》(The Stars, the Snow, the Fire: Twenty-five Years in the Northern Wilderness)、巴里·洛佩斯（Barry Lopez, 1945— ）的《北极梦》(Arctic Dreams)、杰克·贝克隆德（Jack Becklund）的《与熊共度的夏天》(Summers with the Bears)……

爱德华·艾比是美国著名生态文学作家，对环境运动影响极大，极具争议性。他生活在美国西南部，著书立说，抨击人类肆意破坏自然生态的行为尤其是"唯发展论"。《大漠孤行》是艾比在做国家公园管理员时的工作记录，其中包含了他对沙漠景色和个人生活的诗意描写，展现了沙漠的魅力。同时他又犀利而饱含感情地指出开发对公园的破坏，使人重新审视人类与自然、发展与自然之间的关系。

约翰·海恩斯是著名诗人、"阿拉斯加桂冠诗人"，他在阿拉斯加建有牧场，二战退役后在那里隐居了40余年，著有诗文集多种，其中最出名的当属自然随笔《星·雪·火》。他与星、雪、火为伴，与野生动物为伴，历经25年写成这部荒野手记，因此它既是雪地的"荒野生活指南"，也是北地生活指南。

巴里·洛佩斯是著名的自然文学家和小说家，作品多涉自然，自然文学作品主要有虚构（代表作《荒野笔记》）和非虚构（代表作《北极梦》）两大类。《北极梦》以饱富感情、充满诗意的文字，讲述了作者游历北极的见闻与联想——人与动物的故事、北极的历史、深刻的人生哲理……作者试图告诉读者如何做人,如何与大自然亲密相处,如何明智地生活在大地上。

自然文学的特色

非虚构与虚构:叙事和抒情为自然文学的两大写作手法。在自然文学作品中,或以叙事为主,或以抒情为主,或两者并重,从而形成了自然文学中非虚构和虚构两大类。非虚构作品大多以散文随笔写成,其中有抒情,也有叙事,语言流畅、精彩,适于大众阅读。这类作品几乎都是作者亲历记,可读性和故事性极强,同时又融文学性和科普性、知识性和趣味性为一体,这也是它长盛不衰的原因之一。虚构性作品是指作者在尊重自然规律、纪实性描述的基础上,加入了一些虚构成分,创作出以动物为主题的自然故事,其情节引人入胜,文字叙述流畅,寓意发人深思。在其中,作者以客观的态度、生动的语言向读者不动声色地阐明人与自然的关系,教导人们要尊重自然、保护生态,颇有教育意义。美国著名作家杰克·伦敦的《荒野的呼唤》,就是这类虚构性自然文学中的一篇代表作。

作家构成:自然文学有一个引人注目的特点,那就是作者来自各个不同的领域,他们或许并非专业作家,而大多是博物学家、环保主义者、科学家,甚至还有政治家……比如,梭罗是诗人、散文作家,巴勒斯是鸟类学家,缪尔是地质学家,罗斯福是政治家,米尔斯是自然向导,小斯科维尔是律师,利奥波德是林业学家,卡逊是海洋生物学家，艾比是国家公园管理员……

强烈的地域性：自然文学多半具有强烈的地域色彩，即作家长期深入或驻扎在某一地域，对当地的山川、谷地、森林、动植物等生态环境进行细致入微的考察和研究，最后有感而发，形成作品。其中，美国东部的新英格兰地区尤其是马萨诸塞州，堪称"自然文学的策源地"，先后涌现出了大批作家和作品。每一位作家都会有自己特定的考察、写作地域或地点，比如梭罗的马萨诸塞州瓦尔登湖、科德角等，巴勒斯的纽约州卡茨基尔山区和哈德孙河谷，缪尔的加利福尼亚州约塞米蒂山谷，米尔斯的科罗拉多州落基山区，艾比的亚利桑那州荒漠，海因斯的阿拉斯加州荒野……他们写下的文字大多是亲历记，绝非道听途说的作品，均为可读性和故事性极强的散文，或者在尊重自然规律的基础上进行一定虚构的小说，融文学性和科普性、知识性和趣味性为一体，深得读者喜爱。

自然文学在中国

近十余年来，随着国人对自然的认识渐渐提高，自然环保概念在中国得到一定的深化，不过在这样的情况下，也出现了一些所谓的"自然文学"。但在我看来，目前这样的"自然文学"不过是一种噱头。

首先，国内很多地方的自然生态其实早已遭到了难以复原的破坏，即便是要修复，至少也要几十上百年的时间，因此缺乏真正完整的生态链——即使有森林，但林中已没有大型动物——人类毫不留情地占据了野生动物的生存空间,因此,真正意义上的"自然环境"仅存于少数极其偏远的地区,一般人难以抵达。

其次,作家创作缺乏自发性和自觉性,也缺乏生态良知。许多作家即便创作了一些关于自然的文本,也往往是应景之作,并非自发而为之,而且他们还缺乏对自然深层次的体验,因此,这样的作品虽涉及自然,却也仅仅是触及皮毛之作。这一点恰好也反映了目前国内普遍存在的一个认识误区,即很多人认为,凡是涉及自然的文学作品便是"自然文学"。

一般作家往往缺乏深入山林甚至独居山林的勇气和耐心,不会像梭罗那样把身心沉浸在静谧的湖水中,或在山林间漫步,长时间观察一棵树、一片叶子在秋天如何变黄或变红,或在田野上品尝野果,接受造物主对人类的馈赠;更不可能像美国"落基山公园之父"埃诺斯·米尔斯那样,在长达20年的岁月里,数百次往来于山林间,或在山间小木屋观察生活在屋檐上的那窝小蓝鸲,或在林间溪畔追踪转移巢穴的丛林狼,或在群山深处拯救遭遇不幸的幼熊……

在国外,自然文学远比中国要走得早,也走得远,自然及自然文学类作品为数众多,虽在国内有一些介绍,但其深度和广度均还不够,仅就美国自然文学而言,目前已经介绍到中国的作品也不过是极少一部分。这套"自然物语丛书"的宗旨就是填补这一空白,计划收入在中国未曾出版、以前出版过但译文不佳、颇具收藏价值的外国自然文学(以自然文学大国美国为重点)作品,突出作品的原创性、故事性、科普性和可读性。这样的作品既是文笔优美的文学作品,也是趣味性极强的科普读物,对于加深中国读者对自然的认识肯定有莫大的帮助。目前,国民对自然的兴趣方兴未艾,绿色环保和认识自然也作为常识进入了大、中、小学课堂,不过多数国民对自然的认识还停留在初级阶段,或者不得要领,存在着很大的局限性和片面性,因此阅读自然文学作品就成为帮助其重新认识自然最主要、最有效的方式之一。而"自然物语丛书"恰好能满足广大国民在这方面的需求,能帮助他们加深对动物、植物、季节及山川风物等自然细节的认识。出版"自然物语丛书"的主要目的,借用美国自然文学家巴勒斯的一句话,就是"我的书不是把读者引向我本人,而是把他们送往自然"。更重要的是,由于"自然物语丛书"行文流畅、内容有趣,融故事性和科普性于一体,因此适合男女老少各阶层的读者赏读。

我相信,在处于经济飞速发展、生态问题不断恶化之后又得到逐渐重视和解决的中国,在当今"美丽中国"和"绿水青山就是金山银山"等鲜明的生态思想的指导下,优秀的自然文学读物对协调人与自然关系具有非常积极的意义。

译　序

董继平

在持续了两百多年的美国自然文学史上，各类名家层出不穷，诞生了大批以亲历纪实性为特征的非虚构作品，其中，亨利·大卫·梭罗（Henry David Thoreau，1817—1862）、约翰·巴勒斯（John Burroughs, 1837—1921）、约翰·缪尔（John Muir, 1838—1914）、埃诺斯·A·米尔斯（Enos Abijah Mills, 1870—1922）、奥尔多·利奥波德（Aldo Leopold, 1887—1948）、蕾切尔·卡逊（Rachel Carson, 1907—1964）等大家，在他们一生所致力的田野调查中，为我们留下了诸多自然著作，这些传世之作内容精彩、文笔优美，其中既有深入自然进行探索性的叙述，也有对自然及其季节变化的抒情、遐想和哲思，尽管风格迥异，但均成了自然文学的典范之作，在文学史上留下了光辉的一页。不过，在美国自然文学的发展过程中，也出现了一些较为特殊的作家，他们不仅创作了许多非虚构自然文学作品，还创作过一些虚构性的自然文学作品，因此，从更为宏观的眼光来看，这种虚构类自然文学作品还为数不少。

所谓虚构类自然文学作品，是指作者在尊重自然规律、进行纪实性描述的基础上，加入了一些虚构成分，形成了一篇篇以自然尤其是以动物为主题的故事，其情节引人入胜，文字叙述流畅，寓意发人深思。在这类自然作品中，作者用客观的态度、生动的语言向读者不动声色地阐明人与自然的关系，让人尊重自然，保护野生动物，因此颇有教育意义。在创作这类作品的自然文学家当中，小塞缪尔·斯科维尔当属重要的一位。

小塞缪尔·斯科维尔（Samuel Scoville Jr., 1872—1950），美国博物学家、自然文学家、律师，出生于纽约州的诺维奇，其外祖父是美国著名的牧师、演说家亨利·沃德·比彻。小斯科维尔自幼热爱自然，成年后，尽管他的本职工作是律师，长期在办公楼中研究案情和法律文件，但他在博物学领域取得了很大的成就。他长期生活在美国东部的康涅狄格、宾夕法尼亚，并以此为中心，不断探索周边地区的荒野，进行田野调查，足迹远至新泽西、马萨诸塞、缅因、弗吉尼亚、佐治亚和弗罗里达，甚至远及加拿大，其著述众多，内容多涉自然，分为虚构和非虚构两大类，虚构作品主要有《荒野中的童子军》(1919)、《蓝珍珠》(1920)、《动物奇谭录》(1922)、《印加翡翠》(1922)、《动物奇谭录续集》(1924)、《红钻石》(1924)、《逃跑的日子》(1927)、《荒野之主》(1928)、《蛇血红宝石》(1932)等;非虚构作品主要有《联邦士兵的英勇业绩》(1915)、《亚伯拉罕·林肯的故事》(1918)、《户外俱乐部》(1919)、《日常探险记》(1920)、《人与兽》(1926)、《追寻野蜂蜜》(1929)等。他的作品的读者以青少年为主,多年来在美国青少年读物中具有一定影响。

《动物奇谭录》(1922)是斯科维尔最著名的虚构类自然文学作品,自出版以来畅销至今,至今不衰。这部作品共约10.7万字,由10篇作品构成,作者在谙熟自然规律和各种野生动物习性的基础上,对文本进行了一定程度的虚构,以娓娓道来的方式描述了诸多野外故事,尤其是小动物在成长中遭遇人类干涉的故事,读来引人入胜,妙趣横生。在他的笔下,浣熊、黑熊、臭鼬、各种迁徙的候鸟、花栗鼠、野鸭、鼬鼠、鹧鸪、红狐和海獭等动物构成了各不相同的自然故事,行文流畅,情节生动有趣,同时又巧妙地揭示了人与自然的种种关系:

浣熊一家子在野外生活,小浣熊出生后屡遭危险:大蛇的捕食、人类设置的陷阱、猎人的追捕,但在浣熊父母的保护下,一一化险为夷。在猎犬的追击下,浣熊父亲挺身而出,保护一家子安全转移,在水中连毙两只猎犬全身而退。到了秋天,在猎人和猎犬的围捕下,为掩护一家子逃走,浣熊父亲陷入重围……

春暖花开之际,黑熊母亲带领两只幼熊适应野外生活。其间,幼熊差点儿落入人类的陷阱,但在母亲的保护下安然无恙。后来,黑熊母亲还收养了另一只黑熊留下的遗孤，领着它们学习游泳，在水中摆脱人类的追捕。不久，黑熊父亲带领它们深入荒野探险，对抗并击杀了身材硕大的驼鹿。最终，幼熊们都成长起来，分道扬镳，走向各自的荒野生活……

臭鼬外出觅食，年轻的狐狸不知天高地厚，竟然对其发动攻击，结果惨遭迎头痛击，最终落荒而逃。臭鼬捕到松鸡，却不料另一只臭鼬不请自来，企图分一杯羹，鹬蚌相争之际，一只狡猾的红狐乘虚而入，偷走了猎物。后来，臭鼬又攻击了艺术家，还潜入农场偷吃鸡蛋，不过，当大蛇挡住人类的去路，它又挺身而出，为人解围……

秋天，大雁、天鹅和野鸭开始纷纷南迁，却在途中遭遇了游隼捕猎；金鸻成群飞向南美洲，但也遭到矛隼伏击。尽管危机四伏，一波波候鸟还是义无反顾地南飞。夜幕降临后，夜间飞行者又开始旅行——各种莺、鸫等小鸟开始组成大集群，不顾大西洋上灯塔的照射，越过辽阔的海洋。其中，北极燕鸥从北极到南极，行程竟超过了1.77万公里……

一只花栗鼠流离失所，刚出洞穴，凶猛的纹腹鹰便从天而降，拼死逃脱鹰爪后，它开始建立新家。不久，大鼬发动突袭，对它穷追不舍，逃生过程中，它还偶然让追逐者与毒蛇同归于尽。后来，大黑蛇钻进芳邻的洞穴，它挺身而出，拼尽全力咬死入侵者。初夏，小鼬钻进它的洞穴捕猎，但它机智应对，在地下、旷野、水中与杀手不断周旋，虽然九死一生，但最终全身而退……

一只雌野鸭在野外被狐狸叼走，留下一窝待孵化的蛋，玛丽亚大妈将其带回农场，让老母鸡帮忙孵化出 6 只小鸭。深秋，一只雄野鸭在南迁途中不幸落入陷阱，在农场与小野鸭度过冬天。春天来临之际，雄野鸭和另一只小野鸭升空飞向北方，而在严寒的季节，两只野鸭在风雪夜重返农场……

冬夜，大鼬外出捕猎，紧追松貂，双方经过一番周旋、交锋，松貂惨遭杀戮。接着，鼬鼠又追踪雪鞋兔，而雪鞋兔拼死逃往河中沙洲，才得以逃脱。面对豪猪，鼬鼠并未退缩，它采取策略，以迅雷不及掩耳之势将其掀翻在地猎杀。等它返回去寻觅早先杀戮的松貂，却发现加拿大猞猁已将其据为己有，鼬鼠怒不可遏，向身材比自己大得多的猞猁进攻，短兵相接中，竟将猞猁咬死……

鼩鼱虽然身体微小，却堪称战斗机器，常常跟体形大于自己数倍的对手过招。它追踪草甸鼠至其老巢，且以一敌四，连续杀戮了 4 个对手。它与另一个嗜血杀手——鼬鼠不期而遇，最终双方擦肩而过，相安无事。饮水时，食雀鹰从天而降，但它及时跃入水中得以逃脱。在水中，它又遭遇了水蛇，经过一番苦斗，将其咬死并饱餐一顿。黎明时，它和伴侣吵醒迷路的旅人，殊不知竟然救人一命……

红狐一家有 3 只幼狐，成长过程中，一只幼狐被猫头鹰抓走，另一只丧生于毒蛇之口，只剩下一只十字狐，在父母的照料和带领下不断成长。秋天，猎人前来狩猎，十字狐不幸落入陷阱，却又被释放出来当成猎物追逐、捕杀。逃亡中，聪明的十字狐克服重重困难，最终突出重围。最后，它离开家庭，走向荒野，建立了自己的新家……

海獭一家生活在阿拉斯加海岸，一天，雕鸮突然从天而降，但海獭母亲带着幼仔迅速潜入水中，躲过一劫。觅食的时候，大鲨鱼突然冲来，海獭母亲临危不惧，一边迅速游动，一边与鲨鱼不断周旋，尽管差点儿命丧鲨口，但最终凭借机智成功逃脱。不久，海獭猎人又蠢蠢欲动，它们不得不到处迁徙……

在这部虚构类的自然著作中，作者尽管在绘声绘色地讲述自然故事，但他始终在着力凸显这样一个中心思想：我们人类与自然的关系。千百年来，尤其是工业革命开始以来，人类一直不断蚕食野生动物的栖息地，残忍地对待野生动物，甚至将其赶尽杀绝，让自然蒙受了巨大的损失。而在这部作品中，通过浣熊遭到猎人的围捕、黑熊落入人类设置的陷阱、红狐遭到人类的追猎、海獭被猎人逼得无处容身等故事，作者自始至终体现了人类面对野生动物时表现出来的那种自私。而即便是浣熊偷吃人类种植的玉米，也是人类入侵荒野、把庄稼地种植到了浣熊栖息地在先……不过，其中也有令人温暖的一幕，那就是人类善待野鸭，让野鸭主动重返人类身边。

因此，从这层意义上来说，小斯科维尔虽然是在虚构自然故事，但实际上他讲述的是现实中发生的非虚构的真实故事。尽管他在书中讲了千言万语，但对读者说的其实只有一句话，那就是：让我们善待自然。

2018年6月于重庆云满庭

动物奇谭录

contents

第1章 浣熊突围记	1
第2章 黑熊成长记	31
第3章 臭鼬漫游记	63
第4章 候鸟迁徙记	91
第5章 花栗鼠历险记	107
第6章 野鸭归来记	135
第7章 鼬鼠捕猎记	155
第8章 鼩鼱捕猎记	175
第9章 狐狸成长记	193
第10章 海獭脱险记	219

第 1 章　浣熊突围记

The Cleanlys

荒野中，一家子浣熊在枫香树的树洞中生活。小浣熊出生后不久，浣熊母亲便开始教育孩子，让它们品尝鲜血淋漓的野鸭肉，还带领它们前往沙滩，潜伏在附近，偷猎甲鱼蛋……然而，在危机四伏的野外，小浣熊不断遭遇危险：一只小浣熊在大白天捕猎时惨遭人类杀戮，另一只小浣熊几乎遭到大蛇的捕食，还有一只小浣熊不慎落入人类设置的陷阱，差点儿丧生……在不断入侵荒野的玉米地里，浣熊一家子大快朵颐，却遭到3只猎犬的追击。为了保护一家子安全转移，浣熊父亲挺身而出，只身挑战对手，在水中连毙两只猎犬后全身而退。到了秋天，在一大群猎人和猎犬的围捕之下，浣熊父亲为掩护一家子逃走，再度挺身而出，尽管陷入重重围困，它却拼死背水一战……

一棵大枫香树上，隐藏着浣熊之家

整个冬天，这片荒地都寂静地沉睡着，一派洁白。一排排、一群群低矮的油松（pitch-pine）伫立，那蓝绿色的针叶3根一簇地生长着，不像白松（white pine）5根一簇，也不像弗吉尼亚松（Virginia pine）两根一簇地生长，这些油松越过飘落的积雪，一路挺进了很远很远。上层空气的碎浪传来的遥远咆哮，永远穿过这些松树的顶端而回荡，犹如强有力的翅膀奔腾，同时，天空悬挂在头上，那种冷蓝色中似乎点缀着霜斑，空气中充斥着无数松树散发出来的香气。冷酷的黑色秃鹰（buzzard）扇动着那静止的、带有须边的翅膀，在这片沉寂的土地上翱翔、转向。

然后，随着南方的景色突然出现，春天就来了，树林变成了绿意变幻的闪烁池潭。小小的狭叶山月桂（lambkill）的叶片向下折叠，犹如兔子耳朵，在紫红色的花朵上重新直立起来；柔和而温暖的空气中，充满了乳白色的木兰花（magnolia）浓郁的芳香；玉绿色的池潭上，黄色睡莲（pond-lily）的花蕾闪闪烁烁，犹如一块块漂浮在水面的金子；附近，还有那些颜色较浅的金棒花（golden-club），其花朵看起来就像马蹄莲（calla lily）的舌头。生长在这片荒地的石南（heather）仿佛置身于积雪之中，它的绿色和金色在白沙上到处闪烁，而在100万年前，这片白沙曾经是某一片海床，如今早已被遗忘了。远处，在这片荒地的边缘，你可以瞥见草甸，那里因为长满了蓝色的柳穿鱼（toad-flax）而显得朦胧一片，在草甸的边缘上，布满了窄叶日见草（narrow-leaved sundrop）的浅金色，不过其中心为深橘黄色。

一条小溪蜿蜒曲折，淙淙流过树林，由于千百万根雪松（cedar）的根须长期浸泡在水里，溪水变成了褐色，散发出芳香，令人惬意。这条小溪不像北方那些一路歌唱的溪流，相反它只是静静地流淌，穿过金色和白色的沙子，切开深深的水道，途中没有遇到阻挡的岩石，也就没有发出喃喃低语。在树林最深处，小溪岸上生长着一棵顶冠辽阔、枝繁叶茂的枫香树（sweet-gum），树上缀满星形的叶片。在这里，倒刺丛生的绿蔷薇（greenbrier）相互纠缠，伸出可怕的弯刺；从陆地的那一面，一片片泥炭藓（sphagnum）沼泽守护着这棵树。在这棵树离地约15米的巨大树干上，露出了一个黑色的洞孔。

五月的一天下午，太阳在远远的天边西沉，一张小脸突然出现，被框在那个黑暗的洞孔里。那是一张滑稽的小脸，头上长着一对宽大、竖起的尖耳朵，一根黑色条纹从一双眨动的金色眼睛上面一路向下延伸到一个尖尖的小口鼻上。当这张脸的主人从树干的空洞中出来，开始缓慢而小心翼翼地从大树侧边爬下来的时候，它的皮毛在阳光下显现出单调的略带棕色的灰色，它的背上的毛发尖上为黑色，而它那浑圆的小肚腹的毛发尖上，则为白色。最后出现的是它那条带有黑圈的圆柱形尾巴——这就是浣熊（raccoon）的标志性特征。对于这种动物，印第安人、白人和黑人的称呼有所不同。

初出巢穴的小浣熊不慎掉进水里

三月初，在这棵大树上的那个老巢中，4只尚未睁开眼睛的浣熊幼仔出现了，它们毛茸茸的，十分可爱，而这只特别的小浣熊就是其中最年幼的一只。它的父亲是一只杰出的大型浣熊，它很机警，因为历经战斗而浑身伤痕累累，其体重超过13公斤，从鼻尖到那具有环圈的尾尖，其身长达到了0.9米。它很勇敢，对于爬行、奔跑、游动或飞翔的动物一无所惧。

当这只小浣熊头朝下，从树上小心翼翼地爬下来的时候，它显露出和熊的亲属关系——它放下那扁平的小后脚上赤裸的黑色脚掌，而不是像大多数食肉动物那样用脚趾行走；它的前爪犹如黑色小手，有一根很短的小指，大拇指跟另外3根长长的、柔韧的手指长度相同。

这是这只特别的小浣熊第一次冒险,来到老巢外面。在爬下去的过程中,树干中间有一个隆起的大瘤节,这样的障碍让它无法逾越。于是它爬过那个瘤节的边缘,但就在向下移动、试图牢牢地抓住下面的树皮之际,它不慎失手了,一下子倒栽葱地掉了下去,同时发出一声恐惧的哀号。对它来说,幸运的是,这棵枫香树三面都环绕着浅浅的积水潭,随着溅落声响起,这个小小的攀爬者掉进了其中的一个池潭,但一秒钟之后,它就拼命地游向岸边,回到了自己安家的这棵树旁。

刚一听到孩子微弱的呼救信号,浣熊母亲的脑袋就出现在洞孔中,3个小小的脑袋也在母亲身后伸出来窥探。浣熊母亲看见小浣熊在水中不断挣扎,便从树上匆匆爬下来,另外3只小浣熊也紧随其后——这些小家伙显然决定不放过任何看热闹的机会。然而,等到浣熊母亲来到那个大瘤节,那个小小的冒险者已经抵达了自己刚才掉下去的树干旁边,将锋利的爪子插进树皮,慢慢爬上树来。它浑身脏乱不堪,湿淋淋的,还因为生活中出现的各种意想不到的危险而惊魂未定。

看到孩子安然无恙,浣熊母亲便立即转过身去,那3只小浣熊也随着它转过身,于是这个队列全部倒转过去,开始爬向树洞。最年幼的那只浣熊——也就是那个落水者,只得自己缓慢而痛苦地爬到那个大瘤节,一路还在唏嘘着啜泣,显然被混乱的情感所压倒了。它甚至坚信,以前从来没有任何小浣熊遭受过如此的苦难,眼下，它浑身湿淋淋的，不断颤抖，楚楚可怜，而它的母亲还竟然不管它。

"呃……呃……呃……"它开始轻声而特别悲伤地哭起来。

即便是对浣熊母亲坚定地训练孩子的理想而言，这也太过分了。于是，浣熊母亲再次转身，从树上爬下去，停在大瘤节处，将爪子牢牢地插进树皮，从边缘上远远地探出身子，向下伸展，牢牢地抓紧了那只可怜的小浣熊，却只是轻轻地抓住小浣熊脖子上松弛的皮，只见它一转身，就把小浣熊拎到了自己的两只爪子之间，然后用尖尖的鼻子轻轻戳动孩子，催促它朝上面的树洞爬去，而此时，另外3个小脑袋也正从树洞中俯视下方。尽管如此，这只小浣熊还忘不了自己的经历，那样的苦难它难以承受，因此还时不时停下来唏嘘一下，发出柔和的啜泣声。然后，浣熊母亲伸出纤细而优雅的爪子，轻轻拍拍它，安慰它，敦促它继续前进，直到它终于安全到家。

浣熊母亲捕蛙，浣熊父亲猎鸭

到了这个时候，太阳已经落山了，那只老浣熊便从树上爬下来，前往最近的池潭去吃点儿晚餐。就在它接近水边的时候，那里响起一阵"吱吱"声和溅水声，原来，几只蟋蟀蛙（cricket frog）赶在它到来之前就跳进了水中，潜入了水底。于是，它涉水走进池潭，以茫然的方式对着余晖中的树林和树端环顾四周，仿佛在它的脑海中，蛙类食物是自己最后才应该去考虑的东西，与此同时，它那纤细的手指却闪电般地摸索着池底的每一寸淤泥，因此不到一分钟，它就抓住了3只蛙，并娴熟地将其捏死，扔到岸上。在确信池潭中再也没有剩下的食物之后，它离开池潭上岸，靠近晚餐桌，但进食之前，它都要举行浣熊部族和血统所赋予它的那种特殊仪式。

无论在冬天还是在夏天，无论在白天还是在夜晚，无论在野外还是在囚笼，除了嫩玉米，没有哪只浣熊愿意去吃任何没有清洗过的食物。这只老浣熊也不例外，此时，它将刚刚捕来的几只死蛙放到池水中，一遍又一遍地清洗、搓揉、擦刮，直到把它们洗得干干净净，才会满足它的胃口。只有在把食物讲究地洗净之后，它才会将其吃掉。此后，从树端上传来的那些柔和的、小小的叫声表明，它的孩子也准备好了要吃晚餐，于是它赶紧爬回巢穴，幼仔们一拥而上，依偎在它身旁，用口鼻拱动，拥抱它，畅饮那温暖的乳汁，而对于这些幼仔，这样的乳汁不会流淌很久了，因为浣熊母亲会让孩子们早早断奶。

幼仔们还在吃奶，松林黑色的深处响起了一声长长的"呜呜——呜呜——"声，那声音听起来很像是长耳鸮（screech-owl）的哀号。不过，那是浣熊父亲正在回家的信号，它在外面一处偏僻的狩猎小屋度过这个夜晚——它以那里为中心四处狩猎，狩猎半径达若干公里。稍后，它就回到家里跟一家子汇合了。这一次，它给浣熊母亲带来了一点儿珍馐——那东西具有河蚌（fresh-water mussel）的形状，尽管那贝壳上还在滴水，浣熊母亲还是从树上爬下来，将其清洗之后，才像咬碎坚果一般咬碎贝壳，吃掉里面鲜美的肉。

晚餐之后，两只老浣熊便动身去狩猎，幼仔们则蜷缩成一个个圆球状睡觉，一直到父母回来。黎明前的灰白时辰，两个猎手蹲伏在一片深长的沼泽丛中，静待猎物。那个狩猎地点位于小池潭边上，就在陆地延伸至水中的岬角尖上，还环绕着这片荒地到处生长的那种矮小的松树。当天空中露出第一缕微笑，一群绿头鸭（mallard）在一只外表华丽的雄鸭带领下，轻快地游过来觅食。而两个潜伏者一动不动地隐藏着，没有露出一点儿迹象，更没有发出一点儿声音，直到那只头部闪现着亮绿色的雄鸭抵达岸边，狩猎者才一跃而起，猛然出击。那受惊的鸟儿甚至还没来得及发出一声鸣叫，随着溅水声，浣熊父亲就拧断了它那华丽的脖子，重新回到了岸上，肩上扛着那只还在不断颤动的雄鸭的躯体。

两个狩猎者当场就清洗并吃掉了一部分鸭肉，接着把剩余的鸭肉带回到树上的巢穴中，教会4只小浣熊撕掉一条条油腻而黝黑的鸭肉，且告诫它们要不断清洗。小浣熊初次尝到猎物的血肉，便永远不会再去吮吸母亲温暖的乳汁了，尽管此前那种乳汁专属于自己，但从此时起，它们不得不自己出去狩猎、觅食了。

浣熊父母带领孩子去偷猎甲鱼蛋

就在第二天晚上,浣熊父母对孩子的教育便开始了。温暖、芳香的黄昏里,这一家子穿过灌木丛,排成一个悠闲的、长长的队列,一路小跑着前行,来到一片温暖的白沙滩,在那里宽阔的岸上,停住脚步。此时,那条溪流犹如棕蛇(brown snake)般,蜿蜒穿过这片荒地而流淌,这片水岸就悬在溪流深深的水域上面。在这里,这一家子围成一个半圆形,舒适地蹲伏着打盹,把有条纹的尖鼻子搁放在前爪上面,同时,暮色四合,渐渐加深,深化成夏夜那香味弥漫、丝绒般柔和的黑色。它们久久而静静地等待在那里,满怀着野生动物独有的那种耐心。

终于,月亮在尖尖的雪松顶上升起来,洒下一片清辉,将白色的沙滩染成了银白。突然,从一片渐渐倾斜到水中的沙滩那边传来溅水声,紧接着,一个怪物般的畸形物就爬到了月光下。从那个硕大的黑色外壳下面,伸出一个起皱的、呈现出单调的黄色的脖子,那个蛇一般的脖子上,长着一颗凶猛的脑袋,脑袋上则长着一张刀锋般锋利的嘴喙,以及一双闪烁的、残忍的眼睛,它左顾右盼、上上下下仔细打量整个沙滩。这是一只甲鱼(snapper),是这类动物中体形最大者之一,其体重也许达到了20多公斤,可以装满一只小洗衣盆。

当那只巨大的龟鳖慢慢爬上岸,几只小浣熊都紧张地蹲伏着,转过头去看看这一家子中经验老到的猎人,琢磨它打算怎样去攻击这个溪流的魔鬼。出乎它们的意料，那两个老猎手根本不为之所动，仿佛睡着了，依然一动不动地蹲伏着，因为很久以前它们就知道，雌甲鱼春夜从水里爬出来的时候，采取警惕性的等待是最好的策略。此时，那个怪物笨重地爬来爬去，时不时会停下来观察和聆听好几分钟。最终，它觉得那片孤寂的沙滩上没有什么危险可以威胁自己，从而感到很满足，便选择了一道松散的沙子堆积成的小沙脊，而那里距离浣熊一家子潜伏之地还不到3米远！只见它用后腿不断乱扒，还将它那粗壮有力的尾巴插进温暖的沙子，就那样一直挖掘下去。一整夜，它都待在那里，直到产下200枚圆形的卵——那些卵宛若覆盖着羊皮纸，在狩猎的野生动物的菜单上，这可都是最妙不可言的美食。

　　黎明之前，那只大甲鱼才产完了卵，它刚把身子从它所挖掘的洞孔中沉沉地拉出来，松散的沙子便立即倾涌进去，填满沙坑，将里面那些卵严严实实地覆盖起来。尽管如此，浣熊们依然按兵不动，直至那只甲鱼抚平被挪动过的沙子，摇摇摆摆回到水中，浣熊父亲才稍稍挪动了一下。其实，浣熊父亲并不是懦夫，但如果它冒昧行事，将自己纤细的爪子或尖尖的鼻子靠近雌甲鱼剪刀般的双颌，会带来什么样的后果，它再清楚不过了。当棕色的水终于在那只大甲鱼怪物般的身上合拢的时候，浣熊父亲才领着等候了很久的一家子来到岸边，敏捷地刨开沙子，扒出那些刚刚产下的卵大肆享用起来，一直吃到日出的时候，它们才心满意足地回家睡觉。

浣熊母亲救子，挺身咬死大蛇

当春天的清新渐渐转换、融化成夏天灼热而美妙的绿色，浣熊父母对孩子们的教育正迅速展开。在父母的教导下，它们很快就成了觅食植物的专家，学会了挖掘绽放着褐色和紫色花朵的拟大豆（wild bean），吃掉那坚果般的块茎，还有那长着5片梣树般的叶子和毛茸茸的白花球的裸茎木（wild sarsaparilla）、细辛（wild ginger）、黄花圆叶萍蓬草（spatterdock），以及其他20来种野生植物辛辣的根须，这些根须尝起来很美味。不仅如此，它们还学会了怎样捕捉蛙类，怎样掘出河蚌，怎样捕捉那些小龙虾——淡水鳌虾，而不至于被猎物夹住手指。

小浣熊几乎不会犯错，而且几乎总是顺从父母的指令行事。它们之所以这样做，是因为在野生动物中间，违反指令就意味着死亡，谁要是犯一个错，往往就不会再有犯错误的机会了。最年幼的那只浣熊的姐姐就没听从父母的指令，结果成了这一事实悲哀的牺牲品。那只小浣熊决定改革古老的原则，在它看来，在大白天捕猎远比在夜幕的掩护下捕猎更舒服，然而只尝试了一次，它就丢掉了性命。在它第一次（也是最后一次）的狩猎旅程中，它不幸遇见了老山姆·卡本特（Sam Carpenter）——一个松树般结实的人，他始终随身携带着霰弹枪，结果就可想而知了。

当然，在野生动物家庭中间，就像在我们人类中间一样，意外事件时有发生，只是在野生动物家庭中间，意外事件更为致命。

那个小小的改革者丧生之后，剩下的3只小浣熊当中最年长的那只，率先遭受了痛苦。当时，它一直在家庭频频使用的那个8公里圈子内最宽阔的区域狩猎，日出之后才从它捕猎蛙类的浅池中爬出来。

突然，从附近的一片干枯、浓密的灌木丛中，传来了一阵犹如蒸汽逸出的凶猛的咝咝声，一条全身呈现斑驳的棕色和白色的巨形松蛇（pine snake）出现了，从一丛纠缠的蕨类植物中迅速窜了出来。它那古怪的尖头上，长着一双从不眨动的金色眼睛，它的身子向前飞速射来，一秒钟之后，它那锋利的牙齿就紧紧咬住了小浣熊柔软的鼻子。与其他有毒的蛇类不同，松蛇没有毒牙，它的牙齿只是用来死死地咬住猎物，然后将身子紧紧地缠绕在猎物身上，不断挤压，最终让其断气。这条特别的松蛇体形庞大，几乎长达2.4米，粗壮得如同成人的手腕。所幸的是，正当它咬住小浣熊的时候，密集的灌木丛挡住了它那不断盘卷、收缩的身子，让它没能立即缠绕到小浣熊的身上。

在那双固定的、没有眼睑的眼睛前面，小浣熊试图往后拖拽，挣脱对方的控制，而且还竭尽全力地尖叫，向母亲求救。幸运的是，母亲离它并不远。如果你观察过浣熊母亲小心翼翼地爬下树干，或者从容不迫地穿过密丛，你根本不会把它跟如此凶猛的形象联系在一起：听到小浣熊的第一声叫唤，它就闪电般地穿过灌木丛，那条大蛇还没来得及清除阻挡的枝条、缠绕到小浣熊的身上，浣熊母亲就用利齿深深地咬穿了那条爬行动物脑袋后面的背脊。大蛇遭此重创，立即张开了双颌，小浣熊这才得以从那个沉甸甸的躯体身边跳了回去，而此时，那条大蛇还在不断地剧烈翻腾、扭动、拍打灌木丛，做最后的垂死挣扎。

浣熊母亲始终思想开放，注重实际，对日常食物常常抱着"为我所用"的态度。因此，就在它的孩子还在唏嘘、伸出粉红的长舌舔舐自己惨遭虐待的小鼻子时，它就开始剥下那条死蛇布满斑点的皮，很快将其变成一段段结实的、白色的肉。那天晚上，浣熊一家子敞开肚子饱餐了一顿。

好奇的小浣熊不慎落入人类的陷阱

接下来沦为牺牲品的，是这一家子中那只最年幼的浣熊。不过，在生与死的天平上，正是由于浣熊母亲表现出的智慧和勇气压倒了死神，才把它从死亡的边缘拉了回来。当时，那只小浣熊正在一片荒凉的蔓越橘（cranberry）沼泽附近的溪流浅滩到处觅食。所有的浣熊都喜欢沿着那样的溪流浅滩前行，期待捕捉到蛙类、河蚌、鳌虾和其他水生类食物。距离小岛不远的孤零零的岩石，靠近岸边的浅水区域，始终都是它们最喜欢的捕猎地点。而老山姆·卡本特谙熟浣熊的习性，也谙熟它们的一个弱点，因此就在那些地方布下了陷阱。

这天晚上，这一家子浣熊中最年幼的成员一路溅着水，沿着温暖的浅滩走下来，半涉水半游泳，前往一处距离水岸大约1.8米的小沙洲。它一动不动地蹲伏在那里，在月光下审视水面，期待捕捉到一条行动迟缓的红鳍胭脂鱼（red-finned sucker），只要那种鱼把嘴巴上布满皱纹的长长吸管伸出水面，它就会将其捕住。突然，在水底黄色的沙子上，它看见三四个闪烁的银色圆盘，那些圆盘很明亮、耀眼，亮度甚至超过了它经常徒劳地尝试捕捉的长满银鳞的银色小鱼。这是老山姆的诡计：他从一个走街串巷的补锅匠那里要来了这些明亮的铁皮碎片，将其散布在整个小岛附近。

对于任何在水中闪烁的东西，所有的浣熊都会感到好奇，根本无法阻止自己去探索一番，而这只小浣熊感到自己必须去获得这些意外之财，便小心翼翼地涉水而行，走到外面的浅水中，用纤细的前爪在沙上玩了玩水，试图把一些闪耀的碎片拉拽到岸上。突然，水中有什么东西猛地一咬，顿时水花四溅，小浣熊感到一阵可怕的、压迫性的钻心之痛，它的右前爪上纤细的手指给死死咬住了——那是一只隐藏着的钢夹邪恶的双颌！

"呜……呜……呜……呜！"它立即痛苦地大叫起来，那种哀号声中，充满了受伤的浣熊幼仔特有的悲伤。

然而这一次浣熊母亲并不在附近，它离得很远，在弯弯曲曲的溪流的两个拐弯处那边探索着一片刚刚发现的河蚌栖息地。那只小浣熊徒劳地尝试挣脱残忍的钢夹，但钢夹那坚硬的双颌却无情地咬住它不放。然后，它将脑袋凑过去，试图将钢夹咬松，好让自己脱身，却不料在坚固的铁上崩断了小牙齿。

起初，它还能轻易地让自己浮在水面上，随着时间一点一滴地流逝，那只钢夹持续的重量迫使它越来越频繁地往下沉，让它从疲倦的、下坠的痛苦中渐渐安静下来。每当它下沉，它似乎越来越容易待在水里，滑进水下那闪烁的湮灭之境，忘掉那折磨它挣扎的小躯体中每根神经的痛苦。然而，尽管这只小浣熊的脸看起来很滑稽，行动方式很安静，但它也继承了浣熊家族那种永不放弃的战斗精神。于是，它再次从水带来慰藉的凉意中挣扎上来，最后一次呼救，那声音颤栗着，微弱地越过这片荒地飘荡开去。终于，它听见溪流下游很远之处响起了枝条断裂的声音，一分钟之后，一阵飞驰的脚垫落下的声音便沿着沙滩迅速传过来，而此时它虚弱地挣扎，力图保持浮在水面，坚信母亲的来临便意味着拯救——从所有困扰它的欺骗和诡计中把它拯救出来。

又过了一分钟，浣熊母亲抵达了岸边，它弹跳了一下，毛发竖起，靠近幼仔，准备用自己柔韧而有力的身躯为孩子而战斗，直到流尽最后一滴血。对小浣熊来说，幸运的是，岁月把智慧和勇气都赋予了浣熊母亲，因此，一旦浣熊母亲确定发生了什么事情，它就会立即采取行动，帮助孩子摆脱困境——人类设置的陷阱，以此作为野生动物对它们残忍的人类兄弟唯一的回应。于是，它立即涉水走出去，用背部托起孩子那筋疲力尽的小躯体，而且还潜到水下，用一只柔韧的手紧紧抓住那只钢夹，又用另一只手抓紧孩子那小小的爪子，再用利齿迅速咬了几次，咬断了那钢夹可恶的双颌死死咬住的3根纤细的黑色小手指，才让孩子摆脱了钢夹。

就在浣熊母亲一一咬断那3根小手指的时候，它能感到压在自己身上的孩子的痛苦，那温暖的、毛茸茸的躯体一次次颤动、抽搐，但是，那只最年幼的浣熊却始终没有发出一丝声音，也没有一点儿挣扎。又过了一分钟，那只得救的小浣熊就跛着足，缓慢地爬回到树上的巢穴之中。唉，对于任何野生动物的孩子来说，宁可受伤残废、终生跛足，也不要活着落入我们人类之手！

浣熊父亲连毙两只追击的猎犬

时间一周周过去，夏天的脚步越来越近，直到这片荒地翻滚起绿色的波浪，布满星星点点的花朵，鸟语回荡。在那些漫长、温暖的花香之夜，浣熊一家子彻夜飨宴、嬉戏，小浣熊迅速成长起来。一个柔和而温暖的夜晚，新月在西边的天空沉落，浣熊父亲带领一家子，走向那年复一年地深入这片荒地的庄稼地。在树林那边，它们来到了一片茎梗高耸的田地，庄稼"沙沙"的叶片遮暗了一个个丰满的玉米，而那些玉米包裹在绿色的荚壳中，缠绕着柔软的丝线。这次一看见成熟的玉米，两只老浣熊似乎就完全忘记了小心谨慎的原则。

这些浣熊疯了似的冲进田地，拉倒一根又一根茎梗，剥开玉米上的荚壳，只咬上一口，便将其扔到一边，然后再抓攫一个，如此循环往复。小浣熊也学着父母的样子，在玉米茎梗中间不断拖拉、撕扯、乱咬一通，直到这片田地看上去惨不忍睹，仿佛遭到了一群饥饿的牛的糟蹋。这场飨宴持续到每一只浣熊都心满意足才罢手。

然而，正当它们心满意足地返回密林时，不远处突然传来一个声音，经验丰富的浣熊父亲一听到这个声音，便立即催促一家子赶快前行，但它们还没抵达第一片密丛边缘，3只杂种猎犬就从田地那边疾奔过来，这些猎犬是山姆·卡本特喂养的，今夜它们主动出来狩猎。此时，浣熊一家子已经来不及找到树木做避难所了，而就在它们前面，溪流的一边连接着毫无遮蔽的乡野，更远的对岸则深深地切入这片荒地，因此，整个一家子跟随它们的首领前往水边，下水泅渡过去。但是，它们还没有抵达宽阔的溪流中流，那几只猎犬就"扑通"地跳进了水里，朝它们追击而来，而且距离它们仅有四五米远了。浣熊父亲见状，立即掉转头来迎敌——每当生死攸关之际，浣熊父亲总是第一个奋起战斗。今夜，别看猎犬在数量上占优，也别看浣熊父亲只身迎敌，但胜算完全在它这一边，因为浣熊无疑是大型水生鼬鼠（weasel）类动物——水貂（mink）和水獭（otter）的远亲，因此要在水中攻击它很危险，那无异于在树上攻击豪猪（porcupine），在巢穴中攻击熊。

这群猎犬当中，首先游过来的是一只黄色猎犬，它看起来身材魁梧，凶猛有加，足以制服任何对手。它气喘吁吁地吠叫了一声，便张开大嘴向前扑去，试图抓攫那个沉默的、戴着黑色面具的形态，因为那个形态就在它的面前如此轻盈地浮动，然而它没料到的是，那个形态竟突然凭空消失了。原来，正当它扑过去的时候，那只浣熊深深地潜到了水下，这是任何狗都尚未学会的诡计。一秒钟之后，一只纤细的、肌肉发达的爪子犹如钳子一般，从后面抓住了那只狗的前腿，而那只狗不断猛咬，但那只爪子过于靠前，以至于它伸出的双颌根本就够不着。当那只猎犬低下头，徒劳地乱咬一通的时候，浣熊则伸出了另一只爪子，紧紧捏住了对手的口鼻，让对方完全喘不过气来。

就这样，那只浣熊慢慢地、无情地把自己沉甸甸的身体靠过来，压在那只狗的脑袋上面，直至它沉没到水面之下。当其他狗靠近的时候，那只浣熊又改变了姿势，始终把那只挣扎的狗横在自己和那些试图靠近的攻击者之间，让对方无法靠近。同时，它把它的囚徒死死摁在水里，绝不让对方的脑袋露出水面一刻。突然，它放开了那只狗，闪电般地退回到阴影之中。而那只身材硕大的猎犬漂浮在水面，大张着双颌，瞪直了眼睛，已然没了气息。

接着，浣熊再度潜入水中，用同样致命的抓攫，把剩下的两个对手中身材较小的那只拽了下去。这一次，它直接拉着那只狗潜到水下，那只狗不断拼命地挣扎，但根本没有机会抓住对方。相比之下，浣熊能在水下待上接近5分钟，而任何一只狗在水下待上一分钟都太长了。当那只浣熊最终出现在水面上的时候，它是独自浮上来的，那只狗却不见了身影。

在那个时刻，老山姆被他的狗发出的吠叫给惊醒了，他匆忙赶到岸边，把剩下的那只狗唤回去。那只狗听到主人的召唤，巴不得尽快逃离那隐藏在黑暗中的死神，那个已经夺走了两个同伴性命的死神。片刻之后，得胜的浣熊走在回家路上，返回树上的巢穴。第二天早晨，溪流的漩涡将两只死去的猎犬冲到了一座小岛上，山姆找到了它们的尸体——它们本来几无胜算，却敢于在溪流中挑战浣熊，也算是勇敢之举。面对死去的猎犬，山姆发誓要在雪花飘落之前亲手杀死那只可恶的浣熊。

为此，他尝试了很多次。这位松树般结实的人频频出击，随处可见浣熊一家子的足迹，它们的前爪显露出爪印，后爪则像熊的后掌那样扁平地铺开，留下的足印犹如婴儿的赤足。然而，无论怎么努力捕猎，他都再也无法在白天或夜间突袭任何一只浣熊，而且他还到处设置钢夹，却一无所获。

秋天，猎人们围捕浣熊一家子

夏天似乎一下子就逝去了，9月的一天早晨，空气中弥漫着强烈的霜降气味，最初变色的树——多花紫树（sour-gum）的叶片上，似乎一瞬间就呈现出了血红色。随着霜的火焰从一棵树跳跃到另一棵树，树林日复一日地闪烁起来，颜色不断变幻。蓝莓（blueberry）丛在酒一般的波浪中沿着地面延伸，檫树（sassafras）展现出一派阳光般的黄色，白栎（white oak）呈现出古金色，毒葛（poison-ivy）则张扬地炫耀着皇家红和西班牙黄。

不久之后，10月的狩猎月就悬挂在了天空上。到了夜里，猎人们从四面八方赶来集合，组成了这个季节中第一支浣熊狩猎队。这群人当中，自然有山姆·卡本特，摩斯·巴特勒（Mose Butler）带着他的猎犬葛利普（Grip）来了，而查理·罗杰斯（Charlie

Rogers)也把佩特(Pet)带来了,这都是当地著名的浣熊猎犬,据人们所知,这些猎犬从来不曾失手,从来不曾追错猎物留下的气味线索。年迈的赫恩·派恩(Hen Pine)也扛着他那支著名的猎枪来了——其枪管仅约30厘米长,那是因为有一次这个老头外出狩猎,在追击猎物的过程中,不慎连人带枪掉进了泥沼,因此枪口塞满了泥巴,而他也没能发现并予以清理干净,结果到下一次他开枪的时候,猎枪便炸了膛,半根枪管不知飞到了什么地方。尽管如此,他依然坚称,不管有无枪管,那支枪都是这个国家最好的枪,独此一支,没有例外。尽管如此,在当地的狩猎中,枪只用来把被赶上树的浣熊惊吓到地面上来,因为狩猎浣熊的礼仪和规矩跟猎狐完全一样——必须去进行杀戮的只能是狗,而不是人。

还没到子夜,这一行人就抵达了密林,山姆·卡本特曾经在这里频繁地看见过浣熊的足迹,因此他们就来到这里搜索。在这一天傍晚还早的时候,浣熊一家子就发现了一棵硕果累累的柿子树(persimmon tree),上面缀满着甜甜的、起皱的、橘红色的果实。吃完柿子之后,它们安静而从容地走向浣熊父亲的一座狩猎小屋,那是一个乌鸦的老巢。途中,它们碰巧经过树林的狭长地带,那里距离山姆的小木屋最近,而就在此时,整整一支狩猎队伍也恰好进入了树林。队伍中,人们挥舞着提灯叫喊,猎犬在树林间不断吠叫,到处跑来跑去嗅闻,试图找出并确定新的气味线索。

这些凶猛的合唱声无疑是死亡和命运的音讯,远远地传递给那些猎物。这样的情况下,如果它们分开,那么小浣熊将不可避免地遭遇危险，被这群由经验丰富的猎人指导的、训练有素的猎犬赶上并杀戮；如果待在一起，它们迟早会被赶到树上，也许全都会难逃一死。紧急关头，这一家子的首领再次面临着家长应该担当的最后的绝望的职责。它掉过头来，准备应对并控制这群漫游的猎犬，直到浣熊母亲能够通过树端上的路线匆匆撤离，把小浣熊赶回家里。

又过了一分钟，尼普（Nip）——山姆的猎犬中那只唯一的幸存者捕捉到了气味线索，它发出一声吠叫，那声音四处回荡，穿过纠缠的灌木丛，越过沼地树林中黑暗的池潭，接下来，它就沿着那条气味线索一路向前搜索。这只猎犬有过日日夜夜的狩猎生涯，但如今，以前从不曾发生的事情降临到了它的身上：那条气味线索一路通向灌木丛，它靠近之际，一个仿佛戴着黑色面具的形态突然从里面冲了出来，因此，尼普原来那胜利的吠叫就变成了惊慌、错愕的短促尖叫，因为一排锋利的爪子在它脸上划下来，留下了血淋淋的伤痕，把它那柔滑的长耳朵几乎撕成了条状。

更可悲的是，它还没有来得及抓住对手，对方就消失在一片密丛深处，因此它只得等待其他猎犬到来。片刻之后，那些猎犬便由葛利普和佩特领头，来到它的身边。而不幸的是，当靠近那片密丛，它们也先后遭到了突如其来的袭击，因而大为受惊。这只浣熊跟以前所有遭到它们捕猎的浣熊完全相反，它不仅没有逃走，反而凶猛地攻击捕猎者，这相当不合规则，也相当令人困惑、担忧。即便那些猎犬从依附的绿蔷薇和纠缠的枝条中脱身，它们还是遭到了敌人的袭击,不断被划伤,而就在那一小块开阔地上,那个敌人等着它们,并闪电般地出没,让它们根本无法应对。这群猎犬的首领发出短促的尖叫和号叫,停了下来,等到速度稍慢的猎犬赶上来,加强猎犬群体的力量,再向前压迫,推进。

就这样,那只老浣熊渐渐被压迫回去,不得不四处做出拼死一搏的绝望的冲刺,逃脱被包围的危险。终于,它发现自己被驱赶到了纠缠的密丛那边,被赶到了一片开阔的地面上。在这里,那些猎犬分散开来,从几个方向包围它,不让它逃脱。那只浣熊靠在一片长长的洼地边,那里长满倒刺的绿蔷薇保护着它的侧翼,它沿着那一边疾驰,却不料再次来到了开阔地。就在它的那边,往昔的蔓越橘种植者留下了一棵巨大的枫香树,随着岁月的流逝,那棵树已经长得体形庞大、枝叶参天。因此,当那群猎犬合围过来的时候,那只浣熊迅速奔向树干,急匆匆地爬到树上去躲避,而就在那一瞬,那些狗高高地跃进空中,试图咬住它的脚跟。

等到猎人们赶上来的时候,整整一群喧闹的猎犬围成一个圆圈,朝着那棵树不断抓扒。当猎人们看见佩特、葛利普和尼普,这些嗅觉灵敏的猎犬正领头朝着树上吠叫,他们判断那只浣熊被逼到了树上,而且还躲在那上面,但始终不能确定它的位置。那棵大树体形太大,枝繁叶茂,既无法攀爬上去,也无法把它锯掉。于是老赫恩举起他携带的提灯,后仰着脑袋,直勾勾地盯着那棵枫香树枝叶的深处,仔细查找。终于,在距离地面大约18米的高处,在黑黝黝的树干映衬之下,露出了两个明亮的金色小点,那就是浣熊的眼睛，当时它正探出身子，盯着下面提灯射出的一块块黄色的光亮，在黑暗中忽闪着金色的眼睛。

面对包围的猎犬，浣熊父亲背水一战

确定了浣熊的位置之后，猎人们让猎犬坚守岗位，死死围住大树，接着又燃起一堆熊熊大火，坐下来等待黎明的来临。他们围坐在篝火周围，长久地交谈、抽烟、打盹，直到一种鬼魂似的白色终于要从地面升起，阴影渐渐退去，在渐渐明亮的天空的背景上，那幽灵般的树干越来越清晰地显现出来，与此同时，深红色的条纹越过东方天空的大门而闪烁。

随着下面的人发出的嘈杂声，猎犬不断的吠叫，那只老浣熊直起了身子，无所畏惧地俯视着他们。赫恩·派恩拿出了他那件珍爱的武器，仔细瞄准上面，对着那只被逼到树上的动物开火，霎时间，沉重的霰弹四处溅落，猛然击穿了那棵树的上层枝条。此时，那只老浣熊坚强地面对自己的命运，因为散射的枪弹警告它：它唯一逃生的机会就是回到地面上。于是，它缓慢却毫不犹豫地从那棵树的侧边爬下去，下面的猎犬见状，便此起彼伏地吠叫、号叫起来，还不断向上跳跃。猎人们站在猎犬的那边，脸上丝毫没有流露出对这只被困的动物的怜悯，因此，这只浣熊必须为生存而战，摆脱可怕的逆境。

那只浣熊俯视敌人，脸上毫无表情。片刻之后，当初升的太阳的金边显现在树端之上，它就闪电般地转身，从树上倾斜地跃到半空中，靠近树干处。它犹如一只巨大的鼯鼠（flying squirrel）那样展开身子，那锋利的爪子前后划动，仿佛在为即将采取的行动做热身准备。当它轻盈地落到地面上，猎犬便发动了第一波攻击，将它朝着大树那边压迫过去。它背靠树干以作防护，准备好背水一战，进行最后的生死搏斗。

起初，那群猎犬号叫着向那只浣熊冲来，看上去浣熊仿佛会被对手压倒，尽管只身作战，但它也用科学的方法来压制敌人在数量上的优势。只见它完美地平衡身子，就像街头大战中的轻量级冠军那样不断躲闪、回避猎犬的攻击，用长长的、锋利的爪子猛然划动，那动作如此迅速，以至于那群令人担忧的、群起而攻之的猎犬纷纷受伤，没有哪一只逃脱了它的攻击。随着细微、几乎难以察觉的运动，它一次次避开了最佳的猎犬的猛咬和冲击。偶尔，它也会遭受猎犬的利齿划伤，那灰白的皮毛上显出斑斑血迹，但是，那些猎犬却很难牢牢地咬住它那坚韧而松弛的皮毛，它们都无法死死咬住它的要害之处——喉咙，也无法咬住它那纤细而迅速躲闪的爪子。

在很大程度上，这位老战士都依靠自己长长的爪子，每当使用得当，它就可以在对手的身上撕出血淋淋的伤痕。它一般不会使用牙齿，仅仅是在抱成一团的扭打中，当它被一个或多个对手暂时压制的时候，它才会使用它嘴里的那40颗利齿。而每当这样的事情发生的时候，任何跟它互相撕咬的猎犬都会吃大亏。这场战斗发生得既迅速又激烈，不到一分钟，就有两三只猎犬踉踉跄跄地跛着足，退出了战斗圈子，它们的喉咙遭到了可怕的咬伤，爪子被咬碎、咬破。然后，在迅疾、往来、纷乱的混战中，只能看到一大群颜色各异的东西，灰色和黑色始终压在顶上，突然，那堆东西又四散开来，那只大浣熊被撕咬得遍体鳞伤，浑身血迹斑斑，却流露出一种令人生畏的自信神态，独自背靠着那棵大树，而那群围绕着它的猎犬却渐渐退缩，痛苦地吠叫，因此那个合围的圈子不断向外扩展。

浣熊缓了口气，镇定了下来，这个足智多谋的斗士立即改变了战术：它没有给那些猎犬找回业已丧失的勇气的时间，便突然发出一声刺耳的、可怕的咆哮，随即冲上前去——这是它在整场战斗中第一次发出叫声。当它冲向那些猎犬，只见它的毛发竖起，看起来它的体形似乎膨胀到了原来的一倍大。

那个包围圈坚持了一秒钟之后，最近的那只猎犬便发出一声短促的尖叫，匆匆让开了路，随即逃之夭夭，其他猎犬见状也纷纷效仿。又过了一秒钟，那个包围圈便彻底崩溃了，猎犬们四散开来，而猎人们左右驱赶，试图把它们重新集合起来，然而这样的努力却是徒劳，因为那些猎犬不愿再跟浣熊进一步纠缠，而那只浣熊，甚至没有回头去看一眼，便跛着足僵直地走向最近的密丛。

直到浣熊走进一片相互纠缠的绿蔷薇，那群猎犬才恢复了士气。不过，它们都无法追进去，只能安全地待在那些凶猛的刺藜外面，不断嗥叫、吠叫、咆哮，表明它们要对那只浣熊干出种种可怕的事情——当然,那只是在把它逮住的时候。

半个小时后,在 2.8 公里之外的较远之处,在一条沉寂的黑色溪流边上,从一棵巨大的枫香树上,传来了一阵表示欢迎的爱的絮语。

浣熊父亲再次安全地回家了。

第 2 章　黑熊成长记

Black Bear

秋色中，一只准备过冬的雌性黑熊来来往往，吞食各种浆果、橡实和昆虫，却遭到了猎犬的追踪，但它用计从树上一跃而下，砸死了追踪者。冬天来临时，它便躲进洞穴沉睡，在冬眠中产下两只幼仔。春暖花开之际，母熊带着幼仔走出洞穴，学习生存技巧。其间，一只幼熊差点儿落入人类的陷阱，但在母亲的保护下化险为夷。后来，这位黑熊母亲还收养了另一只黑熊留下的遗孤。在山湖中教孩子游泳的时候，有人划船追来，它一边掩护孩子逃走，一边只身面对攻击者，将对手的小船推翻。不久，黑熊父亲回来了，带领全家去荒野探险，在漫游中面对异常凶猛的驼鹿之际，它挺身而出，巧妙地对抗并击杀了那个身材壮硕的入侵者。第二年初夏，成长起来的幼熊各分东西，独自走向荒野生活。

秋色降临之际，黑熊往来觅食

　　这是夏天的高潮后的静流。在七座山（Seven Mountains）上，树林呈现出深深的葱绿色波浪，既然8月的换羽月已经落下，鸟儿们便在9月灼热的阳光下再度歌唱起来。然而，柔和的空气中有一种期盼：以前不曾听见过的昆虫音符倍增起来，强烈而又美妙。当树木和草丛点缀着一块块黑暗和月光的时候，寂静的空气便悸动着白树蟋（white tree-cricket）那脉动的音符，而在它们的音域之上，它们黑色的兄弟那高昂、轻快的调子不停地颤动着，在所有其他夜间的音符中，那是未曾被注意到的背景。在小块空地滴落月光的灌木丛中，一个刺耳的声音偶尔会庄严地说："卡提——迪德！"一周之后，林边所有开阔的空间都会叽叽喳喳地响起"咔嗒咔嗒"的合唱，这样的合唱是那种朦胧的、长翅的绿色昆虫的主要群体发出来的，这些流浪者只不过是先头部队而已。

　　一天早晨，在一棵红花槭（swamp maple）的翠绿色中，单单一根枝条上燃起了深红色。这一年的衰落开始了。随着白天缩短，空气难以察觉地变成了金色，还弥漫着霜的味道。然后，穿过渐渐延长的夜晚，霜的火焰开始熊熊地闪现出来，红花槭的颜色也深化成了铜红色，结束了此前那种蛋黄色。高地上，糖槭（sugar maple）完全呈现出一派桃红和黄赭；鹿角漆树（staghorn sumac）的头角上点缀着古金色和龙血红；高耸的白蜡树（white ash）展现出葡萄酒一般的紫色，还带着一种叠加的略带深灰色的紫罗兰色的花朵，色调渐渐变成古铜黄；檫树那三叶草形的芳香叶片呈现出一派毛茛黄和桃红；而橡树（sturdy oak）则展现出深赭色。

　　所有树木当中，最浓郁的要数赤栎（red oak）身披的长袍了，这种树木浑身浸染着单调的胭脂红；而山毛榉（beech）叶片很狭窄，以一束束橙黄色的箭头向下浮现。在更靠近地面之处，生长着箭木（arrow-wood），在火药流传到这片大陆之前的那些日子里，印第安人常常使用这种植物笔直的枝条来制作箭杆，眼下这个季节里，这种植物锯齿形的叶片显现出单调的石榴红。在更低之处，商陆（pokeberry）那多肉的叶片上面完全是一派胭脂紫，而下面则是泰雅玫瑰红。到处都有山胡椒（spice-bush）那种呈现出印度黄的芳香叶片，相比人类制作的任何焚香，那种气味让人更惬意，而它那能治愈感冒的浆果，呈现出深深的、有光泽的红色，与长着稻黄色叶片的甘苦茄（bittersweet）呈现的珊瑚红和橙色的浆果大相径庭。猫藤（cat-brier）长着凶猛的倒刺，叶片色调各不相同，从摩洛哥红到最淡的蛋黄色均有，时不时还会呈现出纯粹的深红色，这是森林中唯一被赋予如此荣誉的叶片。

　　穿过这种色彩的骚动，沿着一个幽暗的小径构成的网络，一只身材硕大的动物迅疾而无声地走过，除了口鼻部为浅褐色，它身上的颜色为单调的黑色，宽阔的胸膛中央还有一块钻石形的白色。这种颜色，加上那肉峰隆起的后肢和臀部，还有那在长长的脖子上摇摆的脑袋，只能表明这是一只黑熊（black bear）——我们东部森林中三大肉食动物中最后的幸存者。它移动的步态有些奇怪，仿佛关节松弛了，看起来十分缓慢，往往会给人以错误印象，然而，正如很多猎人发现的那样，即便是人吃尽了苦头，也难以超越它的步伐。

　　黑熊不如狼（wolf）那么聪明，也不如豹（panther）那么凶猛，却比这两种动物活得更长久。"一旦有疑惑就逃之夭夭！"是它的座右铭，而且黑熊充满智慧，就像笛卡尔[①]（Descartes）一样，在怀疑的原则上找到了自己的生活基础。相比之下，那些缺乏智慧的动物早就死了。无可否认，自从连发步枪问世以来，要不是黑熊的种种天生能力，即便是这种颇具指导性的拯救规则也无法让它安心地活着。熊在400来米远就能听到猎人的动静，如果风

---

① 法国哲学家、数学家（1596—1690）。

向恰当，它还能在 1.6 公里之外就闻到人的气味。黑熊的体重可达 130 多公斤，身体宽度可达 60 厘米，然而，五六个猎人围捕它的时候，尽管不断窥视、躲藏、潜伏和寻找它，但它也会像影子一样偷偷穿过纠缠的下层林木，整天在浆果地里安全地进食。

今天，这只特别的熊面对着风，其身材较小，脑袋更尖，因此显而易见，它是迷人的雌性。它的脸既不像大灰熊那样呈凹面，也不像北极熊那样呈凸面，显现出几乎笔直的线条。当它伫立在那里，在颜色变幻的叶簇发光的背景上，它会显现出黑色的轮廓，它的腿上长着平展的脚，看起来很滑稽，似乎就像某个矮胖子穿着靴子的腿。部分吸引它的植物，那些仅仅命名、颜色配搭的植物，就是它所能进食的。比如珊瑚树（sweet-viburnum）上面结出的紫色浆果、野生黑苦樱桃（wild black bitter cherry）、薄皮葡萄（thick-skinned fox-grape）、皱缩而令人烦躁的河岸葡萄（frost-grape）、有 6 粒噼啪爆裂的籽的越橘（huckleberry）、其籽太小而无法注意到的蓝莓——这只雌性黑熊伸出巨大的爪子，从枝头耙掉太多太多这样的果实，然而，在众多的果实中，它却从来不会吞食一粒青涩或者有瑕疵的果实。熊是"七个睡眠者"之一，这一事实就说明了这个睡眠者胃口奇大。尽管它穿着一件厚约 10 厘米的皮毛外衣，还有一件厚达 10 厘米的脂肪背心，但它还是需要休息，在地下冬眠，依靠在秋天贮存在体内的脂肪为生。一些睡眠者，比如花栗鼠（chipmunk），会随身携带一点儿轻便的餐食上床，以防自己在漫漫长夜中饥肠辘辘，在漫长的冬眠开始时，在上床睡觉之前，它会尽量为自己把粮仓填满。尽管如此，熊和花白旱獭（woodchuck）更喜欢亲自扮演粮仓的角色——它们体内的脂肪就是粮仓，这一切都解释了这只熊在所有清新的秋日大吃大喝的胃口。平常，黑熊是昼伏夜出的动物，如今却在光天化日之下到处觅食，一直到深夜，满怀热情地去吞食各种各样的食物，一次多达几十公斤。在它的菜单上，一些精选的食物是任何其他动物都不可能吞得下口的。

黑熊从树上一跃而下，砸死追踪的猎犬

9月的一个温暖的早晨，这只黑熊开始吞食大量浆果，拉开了秋季进食的序幕。这顿早餐吃完之后，那片浆果地里的食物便被吃得一干二净了。于是，它不得不离开，沿着它那24公里的活动范围漫游，寻找一些更耐饿的食物。一路上，它确实找到了那样的食物：在树林潮湿的区域，它不停地挖掘，毫不退缩地吞食掉野海芋（wild arum）或者天南星（jack-in-the-pulpit）那起皱的扁平块茎。这些植物的根汁中，含有大量锐利而细微的晶体，就像硫酸和玻璃粉的混合物那样会侵袭人类的舌头，即便喝水也完全无法减轻痛苦。在天南星那边，还生长着一片片一年中最先绽放出花朵的臭菘（skunk-cabbage），这种植物的叶片宽大、多汁，散发着臭气，尽管其汁液的腐蚀性极强，哪怕最微小的一滴也会让任何人的嘴巴起水泡，但这只雌性黑熊却毫不畏惧，贪婪地大快朵颐。

臭菘地那边，在一根棠棣（shadbush）的枝条上，这只黑熊发现了一个灰白的圆锥体之物。这个球体比橄榄球稍大，由一层层果肉状的木质纤维的纸张构成。在球体较小的一端，有一个洞孔，一队身材硕大、面部扁平、身体黑白的大黄蜂（hornet）"嗡嗡"叫着，进进出出。在自然界，还没有哪种昆虫像大黄蜂那样让野生动物敬而远之，不管是马、狗还是人，都经常惨遭暴怒的蜂群蜇刺而死。大黄蜂的蜇刺较为独特，跟蜜蜂一次性使用的倒钩般的单发蜇刺不同，它可以连发使用。大黄蜂能够而且会根据情况的需要提早且经常蜇刺，对于它的评价，就是它的行动最为自由，如初入无人之境。此外，每一次遭到它蜇刺，都像被小口径左轮手枪射出的子弹击中了似的。尽管危险重重，这只熊还是毫不犹豫地接近了蜂巢，后腿伫立，伸出爪子一舀，就把那个椭圆形的球体带到了地面上，顿时，暴怒的大黄蜂纷纷飞了出来，"嗡嗡"地叫嚷着，蜇刺着，云一般将它密密麻麻地包裹起来。面对大黄蜂如此猛烈的攻击，这只沉着的动物丝毫不为之所动，反而继续大口大口吞咽着蜂巢及其所包含的内容，伸出它那柔韧的长舌，舔食蜂巢中的幼虫、尚未发育成熟的大黄蜂和那些全副武装的战士，所有一切统统都不放过，就连那糊在巢穴表面的柔软的灰白的纸张，它也大片大片地吞了下去。到了最后，现场只剩下少数幸存的大黄蜂，它才挪动笨重的身子离开，沿着一条小径前行，而那条小径就像熊喜欢行走的所有小径，最终通往一个干燥、舒适、有风吹拂的山坡——这样的地方正是熊的心爱之地。在那里的一座巨大的蚁冢前面，它快乐地度过了一小时，那个蚁冢是红黑色的兵蚁（soldier ant）建造的，它先伸出一只前爪，然后又伸出另一只前爪，深深地插入松弛的泥土，再拔出来，此时，两只爪子上密密麻麻地布满了群集的、不断叮咬的蚂蚁，而它则毫无所惧，小心翼翼地将其一一舔进肚子里，显然，它很喜欢蚂蚁那种刺激的、酸酸的味道。

此后，这只雌性黑熊饱食了浆果、植物块茎、臭菘、大黄蜂和蚂蚁，决定收工，便来到一棵倒下的松树卷起的根须下面，蜷缩着身子呼呼大睡起来。

还有一天，它发现了一片硕果累累的栎树，那些树上结满了橡实。比起任何植物学家来，它更能识别哪些橡实的味道好。整整一周时间，它都一直待在那里，不停地吞食那些叶尖浑圆的白栎的果实，还有那些锯齿形叶片犹如栗树叶的山栎（chestnut-oak）的果实。然后在一天早晨，从遥远的山谷中传来一个飘浮的声音，尽管那个声音是一条耷拉着耳朵的猎犬发出的，那只猎犬属于居住在山谷中的设置陷阱捕猎者拉什·威登（Rashe Weeden），因此一听到这个声音，它就赶紧从树上匆匆爬下来——这只熊知道，有猎犬就意味着有猎人，有猎人就意味着有死亡。因此，如果被猎犬闻到自己的气味并一路追踪过来，那么只有立即狂奔若干公里、若干小时，才可能拯救自己。幸好它已经饱食了好几周，浑身是劲，完全能胜任这种类似马拉松的长跑。

然而，在它漫长的生活岁月中，它辛苦度日，已经在某处学会了另一种方式来应对追踪的猎犬发起的攻击。于是，它在山腰下面前行，沿着一条留下了深深印痕的小径，一路朝着那只正在接近的猎犬匆匆奔去，这条小径直接通往一棵巨大的赤栎参天的枝叶下面。它奔跑到大树的那边，又折返回来，在树下绕圈，将自己的踪迹弄得混乱不堪。接着，它依然沿着自己的足迹往回走，越过那棵大树，迂回了一个大圈再回到那里，从更远的一边爬上了树，须臾之间，就把自己严严实实地隐藏在浓密的枝叶中。此时，那只猎犬声调优美的音符越来越近了，在过去的岁月中，那只猎犬捕杀过很多很多野生动物，几乎从未失手。这一次，就在它捕捉到那只熊刚刚留下的气味时，它的嗓门突然就升高了半个音阶，同时沿着那条模糊的踪迹向前疾驰，最后来到那棵赤栎树下。在那里，它停下来到处嗅闻，试图解开那些纠缠不清的气味线索。就在那铺展于头上的枝条下面，正当它来来往往嗅闻之际，它上面的树叶间突然响起了一阵细微的"沙沙"声，那声音很轻，像是松鼠发出的。紧接着，一团黑乎乎的东西就像打桩机一样，从6米高的树上迅速落下来，砸到了那只猎犬的身上，顿时让它一命呜呼。那只猎犬到死都不知道究竟是什么东西砸中了自己。一个小时后，拉什·威登才来到现场，找到了那只猎犬被压扁了的尸体。

"我那只猎犬看起来是被马戏团的大象给踩扁了。"后来他对住在附近的巴拉克山（Mount Barack）上的老弗雷德·迪安（Fred Dean）透露。

"十座山上可没有如此强劲有力的大象哦。"那个老头立即反对他的说法。而那只猎犬的死亡原因,至今在巴拉克山上仍是一个谜。

冬眠中，黑熊母亲产下两只幼仔

一个寒冷而灰白的下午，那些原本火焰般燃烧的叶片渐渐熄灭了，变成单调的褐色和赭色，向野生动物述说冬天正在前往七座山。一阵阵刺人的小雪花穿过空气而飞旋，疾风越过那只熊还在觅食的沼泽地发出尖叫。当深长的草丛如同双色的头发飘扬起来，那只熊就蹒跚着走进最近的树林深处，来到大片密集的树干后面，躲避头上那犹如狼嚎的北风伸出的手指凶猛的抓攫。从那一天起，它就停止了觅食，转而开始寻找过冬的居所。于是，它在山上山下，沼泽内外，越过高地，沿着山丘边缘来来往往，每次都要忙碌地寻找好几天。

终于，在一片干燥的山坡上，它找到了自己中意的地方：在深深的枯草中，露出了一截巨大的栗树残桩。于是在山坡上，它从这根树桩开始，在纠缠的密丛中心，挖掘了一条倾斜的隧洞。隧洞的入口很狭窄，犹如瓶颈，那洞孔如此之小，看起来这只肩头宽大的熊根本不可能挤进去。尽管如此，当隧道抵达那截树桩，就渐渐拓宽成为一个椭圆形的内室，内室的一部分壁面由树根支撑着。那只熊在靠着山坡的方向挖掘了一个宽阔的平台，在上面铺盖了厚厚的枯叶和软草，还在树桩旁边挖掘了一个小小的气孔，气孔通往地洞的下端。不仅如此，它还采用了采摘和分拣浆果时的技巧，用巨大的爪子抹去了新掘的泥土的每一丝痕迹，从而将自己的冬眠之所严严实实地隐藏起来。然后，在地洞入口附近，它整齐地堆积了松散的枯枝枯叶，爬了进去。它在隧洞的脚下转过身，头朝前地爬到洞口，伸出爪子，小心翼翼地拉来那些枯枝枯叶，厚实地塞上洞口。就这样，在地下 1.8 米之处，它舒舒服服地躺在干燥而暖和的床上，蜷缩着沉睡了 4 个月。

当冬天的日子来临，飞扬的雪花开始飘落，深深地堆积在树桩上，越积越深，直到树桩之上的密丛完全被积雪隐藏起来，凛冽刺骨的寒意就降临了。在很多个漫长的白天和夜晚，没有一丝风，在人类的定居点，温度计中的水银骤降到标刻数字之下。在森林中，在山上，巨大的圆石禁不住寒意崩裂开来，在一些地方，封冻的地面也裂开了，形成了长达 30 米的细缝。对很多林地动物来说，此时的生活无疑很艰难，是对饥寒交迫所进行的严酷的、终归要失败的斗争。但是，在地面下 1.8 米之处，那只熊却安全地沉睡着，处于跟饥饿与寒冷——野生动物的两个古老的敌人完全休战的状态，与此同时，它的气息形成的温暖蒸汽冻结了，形成坚冰，从四面八方密封住它的那间密室。它沉睡着，等到春天来敲门的时候，它才会再次离开这间小屋。

然而在 1 月，尽管这间密室的门依然被积雪锁住，被坚冰隔绝，这只雌性黑熊还是产下了两只幼仔。这两只幼仔盲目而赤裸，体形很小，一个人伸出手掌便可以将它们握在一起。然而，黑熊母亲深信自己从来不曾有过这样一对美丽而能干的孩子，它舔舐孩子们小小的粉红色躯体，给它们喂奶，拥抱它们，这些漫长而封冻的月份实在是太短了，根本无法完全展现出它那深深的母爱来。当一周又一周过去，幼仔们渐渐长大，但大多数时候都处于饥饿状态，而它们饿了的时候，就会像小狗那样呜咽、拱动鼻子，不断向前推动身子，挤在一起，生怕还没抵达那些温暖的乳汁之源就饿死了，而母亲的乳汁似乎无穷无尽，为了它们而无私地流淌。黑熊母亲喂饱两只幼仔之后，就会拱起庞大的身躯遮住它们，而它们也会暖暖地裹在母亲那柔软的皮毛中，长长地睡上几个小时。

然后有一天——在幼仔出生之后的第四十天，一件大事发生了：两只幼仔都睁开了眼睛。尽管老熊看得并不那么清楚，但它也欣喜若狂地舔舐它们，爱抚它们，被它们这种新的天赋证明所深深感动。从那个时候起，它们就飞快地成长，一天天变得越来越强壮，越来越活泼。有时候，它们会像轻量级冠军一样，站在母亲的身上和身旁相互拳击，时不时还会扭打、角力、翻滚，直到母亲用巨大的爪子将它们统统扫下去，而每当遇到这样的情况，它们都会安静下来，依偎在一起沉沉睡去。

随后，大自然发出的那种召唤就来临了，也许，那是从半空中传来的蓝鸲（bluebird）的女低音音符，要不就是那飞向北方的大雁发出的叮咚悦耳的声音，要不就可能是匍匐浆果鹃（trailing arbutus）穿过那间小屋坚硬的墙壁穿透进来的气味。无论怎样，在深深的地面之下，这个小小的家庭知道春天来了。于是，幼仔们开始嗅闻和抓扒那冰封的四壁，母熊立起那巨大的身躯，开始焦躁不安地在小小的密室来回走动。

在一个小时之内，冰雪融化了。坚冰融化，积雪消失，直到

4月的一天,老熊伸出爪子猛然一击,就砸开了门,一家子跌跌撞撞地走了出来,进入一个春日的蓝色黎明。此时,四周响起白喉带鹀(white-throated sparrow)那美妙的小调音符,还有雪鸟(snowbird)叮当作响的歌声,而在一片阳光晒暖的山坡上,一群树雀(tree-sparrow)在前往北极圈的旅途中停了下来,发出犹如冰柱那样叮当的合唱。

在明亮的阳光下,那只母熊伫立良久,四处嗅闻,用茫然的眼睛盯视,然后蹒跚着走下山坡,前往大约90米开外的一条小山溪,两只幼仔则排成一个小小的队列紧随其后。刚一抵达那条小溪,母熊就不停地畅饮,直到它的腿在身子下面好像膨胀了一倍。当它喝足了水、接近承受极限的时候,幼仔们才开始第一次饮水。对于幼仔,这种东西似乎味道很淡,很寒冷,也很不稳定,它们似乎将水跟自己一直喝着的乳汁做比较。它们一旦离开自己的出生地,就立即放弃了那个巢穴,再也不会回去。从此以后,母熊无论在哪里、在何时发困,幼仔们就在哪里睡觉,依偎在母亲宽广的怀抱中,紧靠着它那温暖的皮毛。

那一天,当它们从小溪畔转身离开的时候,黑熊母亲停了下来,仔细打量两只幼仔中体形较大的那只。那只幼仔不像它较小的妹妹那样一身全黑,它的体色是浓郁的肉桂似的黄褐色。在过去的岁月中,母熊曾经有过一只红色的幼仔,甚至一度还有过一只不幸夭折的稻黄色幼仔,但这还是母熊第一次拥有褐色幼仔,因而母熊在领着幼仔爬上山腰的时候,还怀疑地咕哝了好一阵儿。

黑熊母亲收养了同类留下的遗孤

终于，野生动物的黄金月份——甜蜜的5月到来了。此时，众鸟回归，鲜花绽放，空气中弥漫着日出的气味，回荡着这一年的破晓之歌。当那只老熊开始对孩子进行教育的时候，一片片树林随着美洲树移（shadblow）那长长的雪白叶片呈现出白色，也随着大片紫蓝色的北美杜鹃（rhodora）呈现出紫色。在母熊的全部课程中，"安全""食物""更多食物"构成了具体内容。同时，母熊对幼仔的哺乳越来越少，因为它要教会幼仔主动去发现各种不同的美食。黑熊母亲深知，违反纪律就意味着死亡，对于这一点，它可真是一个严厉的纪律实施者。就在它们第一次出行的时候，布莱基（Blackie）——这一家子中最年幼的那只，发现自己很难跟上母亲那摇摆的步态，而通常来说，落在后面的小熊常常会走丢，因此，当布莱基终于赶上来的时候，母亲便转身，狠狠地给了它一巴掌，尽管痛得号啕大哭，但它也从此学会了不要落后。

行进中，那只叫布朗尼（Brownie）的棕色小熊错误地走向了对面。它身材硕大、强壮而又过分自信，一度走在母亲前面，沿着一条通往上面山峡的小径前行。那道山峡中，长满了柔软的苔藓，苔藓犹如绿色的海绵容纳着水。突然，布朗基伸出小爪子，准备放进留在苔藓上的一个巨大的熊掌印之中时，母亲挥动左前爪，给了它狠狠一击，打得它旋转着飞离了小径，滚到一根树干上，如此的重击让它那小小的身体几乎喘不过气来。然后，母熊让这只自以为了解的事情比它还多的幼仔过来,好好看一看究竟会发生什么:从深深的苔藓下面,黑熊母亲闻到了人类带来的一丝死亡气息。它轻松地站了起来,伸出那起重机一般的前爪,抓住小径那边一截枯死的树干,重重地扔到那个熊掌印上,顿时,那里水花四溅,就在木头的一端砸中苔藓之际,突然响起了一声凶猛的"啪嗒"声,一系列锋利而可怕的钢齿弹了起来,深深咬住了那段腐烂的木头。拉什·威登——那个一年四季都在设置捕熊陷阱的捕猎者,从别处挖来了一块含有一个熊掌印的苔藓,放在这里,却在下面设置了一只具有双重弹簧的捕熊钢夹,这只钢夹非常可怕,要是人或野兽踏上那个展开的钢夹宽大的底盘,哪怕无比轻盈,也会触发两根坚硬的弹簧,而一旦钢齿咬进人或野兽的肉里,就会立即咬穿肌肉和肌腱,压碎任何动物的骨头,那两根弹簧则会牢牢地锁住钢齿,让受害者根本无法摆脱。此外,钢夹还连接着一个巨大的障碍物,阻止那遭到折磨的动物走远,一周之后,受害者就不得不面对那个设置陷阱的捕猎者,以及他所带来的迅速死亡。

几天之后,这个小小的家庭就亲身经历一个实例,亲眼看到了人类对熊所干的事情,以及这样一个陷阱对于它们意味着什么。当时,它们正沿着一条熊经常往来的小径前行,这样的小径始终都会通往一座山腰,那里非常舒适,长满浆果、视野开阔而且没有苍蝇打扰。突然,风把一阵啜泣声吹到母熊的耳朵里面。它立即停了下来,用敏感的鼻子仔细地嗅闻空气。微风中有熊的气味,却没有人类的气味。于是它沿着那条小径一路前行,转过一个拐弯处，走向那些奇怪的声音传来的地方。越是靠近那里，它就走得越慢，一步步都十分小心，而两只幼仔就像小小的影子紧随其后。当那条小径进入一片小小的天然空地时，这3只熊猛然看见了令它们惊骇的一幕：就在它们前面，躺着另一只身材较小、年轻一些的母熊，不幸的是，它被一只布满利齿的钢夹咬住了——那残忍的双颚合拢，深深地咬进了它的左前肩，致使其断裂，而那连接着钢夹的障碍物则卡在一根树桩下面，让这个受害者动弹不得。这只被囚禁的动物拖着障碍物不断拉扯，这样的情况显然已经有好多个漫长的日日夜夜了，因为它周围的地面都被撕裂了好大一片，光秃秃的。终于，这个被捕者筋疲力尽，绝望地倒在地上，时不时大声哭叫，发出颤栗的啜泣声。它那呆滞无声、恳求的眼神里流露出困惑，仿佛在疑惑如此可怕的事情为什么会降临到自己身上。一只幼仔站在它的膝下，像悲伤的婴儿一样呜咽，抬起小爪子，信任地放在母亲那巨大的身躯上，而此时，落入陷阱的母亲再也不能帮它了；另一只幼仔则爬到了头上的一棵小树，惊讶地俯视下面这个悲伤的场面。

母熊久久地注目，而它的幼仔则大为惊骇，紧紧地挤到了它的身边。然后，母熊转过身去，迅速走进最近的密丛深处，因为它根本无法为那只落入陷阱的熊做点儿什么，它知道，死神迟早会沿着它刚刚离开的那条小径潜步而来。就在那天下午较晚的时候，当它们已经离开那里很远，母熊敏锐地听到远方传来两声枪响，越过山岭回荡而来，它就知道了那个受害者的结局。暮色加深，它带领着小家庭出去觅食。突然，不远处传来一阵微弱的音符，那声音奇怪而悲伤，母熊立即停了下来，焦躁不安地四处观望，查看两个孩子是否安全。片刻之后，那声音再次响起，越来越近，然后，一只黑色的小动物从树木中间朝着它们匆匆赶来——那天下午的早些时候，它们看见了那只落入陷阱的母熊，而这只小动物就是它的两个孩子之一。这只幼仔逃脱了那夺走了母亲和兄弟性命的死神，一路独自哀号着，穿过渐渐暗下来的树林而奔逃，寻找它业已失去的母亲。它一看见黑熊母亲，就发出宽慰而愉快的"嘶嘶"声，朝它直奔而来，饥肠辘辘地把口鼻拱到它那温暖的皮毛下面，仿佛自己有权在那里吃奶。尽管那只母熊起初还稍稍嗥叫了一阵，但它并没有拒绝这个新来的小家伙恳求的哀鸣。它自己的幼仔则把这个新来的姐妹上上下下仔细地嗅闻了一番，发现它竟然比布莱基还要黑，不过它的小鼻尖附近有一块很有趣的白斑，于是两个小家伙就决定承认它为这个家庭的一员。又过了一会儿，这只名叫斯波蒂（Spotty）的幼熊就开始在布莱基身边吃东西了。从那一天起，老熊身后就跟着 3 只幼仔，而不是原来的两只了。

在湖中游泳，推翻攻击者的小船

随着夏天临近，母熊给幼熊们断了奶，好让它们看看怎样像自己一样在这片土地上自食其力地谋生。于是，它教会了幼仔们关于觅食蚂蚁巢穴和蛴螬的所有技能，向它们展示了怎样挖掘 20 来种甘美而多汁的植物根须，还教会它们要小心避开毒芹（water-hemlock）的根须，那种植物的茎梗膨胀，带有紫色条纹，尝起来甘美却又致命，当然，它还教会它们如何避开蘑菇中那些凶猛的有毒种类，比如那种从底座中生长出来的赭鹅膏（death-angel），还有长柄红蕈（fly-mushroom），这些毒蘑菇对它们来说无疑是死亡信号。

不过，教会幼仔们享受一道美食——小黄蜂（yellow-jacket）巢穴，却不是一件容易的事情。起初，布莱基和斯波蒂柔软的小鼻子屡屡遭到小黄蜂的蜇刺，就再也不去进一步探索任何如此炽热而棘手的珍馐了，布朗尼的性格仿佛更坚韧，它一旦尝到小黄蜂的蛴螬有多么美味，就难以自拔，到处去寻找这种昆虫的巢穴。每当找到一个蜂巢，它就会将其挖出来；而小黄蜂则会拼死抵抗，群起而攻之，频频蜇刺它的小鼻子，直到它无法忍受痛苦才作罢。然后，它会端坐在那里，用两只前爪揉揉鼻尖，竭尽全力地大声号叫，而等到痛苦减轻的时候，它又重新开始挖掘。有时候，它疼痛得只好停下来，疯狂地尖叫三四声，以此来减轻痛感，然而，它总会坚持吃完最后一只蛴螬。

当天气变得更暖和的时候，老熊便带着3只幼仔前往一个隐蔽的山中小湖，在那里教它们游泳。每当它教其中一只幼仔游泳的时候，它就让其他幼仔安全地隐藏在岸上。起初，它允许每个小小的游泳者抓住它那十几厘米长的尾巴尖，在水中拖着它们游动，然而，一旦它们学会了用爪子划水，它们就不得不自己游泳了。

一个暖和的下午，懒散的布朗尼跟着母亲游到湖泊中央，试图抓住母亲的尾巴，享受免费搭乘，却不料遭到母亲挥掌一击，被打到了水下60厘米之处。它重新浮出水面，开始勇敢地靠在母亲身边游动，精神抖擞，仿佛它生来就是水獭，而不是熊仔。

就在它们距离湖岸还有很长一段距离的时候，熊从水中抬起黑黝黝的大脑袋，盯着800米开外的一个小水湾。接着，令布朗尼吃惊的是，母亲竟然再次给予它抓住尾巴免费搭乘的特权，它还发现自己被母亲拖着，飞快地朝岸边游去。原来，遥远的小水湾那边，一只瘦削的、轻盈的独木舟正飞速朝它们驶来，伐木工史蒂夫·奥多奈尔（Steve O'Donnell）竭尽全力划着小船，朝它们飞奔而来。史蒂夫本来是到湖泊这边来评估一些木材的，却看见了这两只游泳的熊，于是他拿起那把长长的、几乎是直柄的斧子——这是那个地区所有伐木工都喜欢携带的工具，匆匆跳上木舟，急速划桨，试图追上那两只逃逸的熊。

史蒂夫是个莽夫，根本不熟悉熊的行为方式，要不然他就绝不会不带枪而驾驶小船去追赶游泳的熊了。当他越来越靠近，母熊知道自己还没游到岸边就会被对方赶上，于是它毫不犹豫地转身，独自朝着独木舟游去，而布朗尼则竭尽全力游向岸边。当那颗巨大的脑袋靠近史蒂夫的小船，史蒂夫便扔下船桨，抓起斧子，狠狠朝着它砸下去。只可惜，他尚未了解熊是优秀的拳击手，即便是它在游泳的时候，也极少有人能够对它实施打击。他的斧子"飕飕"砸下去，却突然左转，偏离了目标，迅速滑落，掉进了深水之中。

而那只熊伸出爪子，抓住独木舟的船舷，用力一推，史蒂夫一瞬间就掉进了冰冷的水中，此时他算是彻底清醒了，不顾一切地拼命游动，自顾逃生去了。母熊没有再去理会那个落水者，重新朝着最近的岸边游去，赶上了游在前面的布朗尼，继续拖着它前行。等到浑身冷得刺骨的史蒂夫抵达更远的湖岸，黑熊一家子已经远在好几公里之外了。

黑熊父亲归来，带领一家子漫游

到了仲夏，尽管幼仔们看起来多半还很瘦削，却正在发育成熟。某日薄暮时分，一件奇怪的事情发生了：正当这一家子抵达一处安全而惬意的山腰时，一个巨大的黑色身影从树木间隐隐出现在它们面前，一头身材魁梧的黑熊迈步走进开阔地，幼仔们从来不曾见过如此庞大的体形，在它们以往的漫游中，它们也遇到过很多其他熊，对于那些陌生的熊，黑熊母亲几乎是依照熊的礼仪，往往只是视而不见地擦身而过。有时候，如果陌生者靠得太近，母熊背上的毛发便会竖起，并发出一声深沉而威胁的吼叫，那种声音似乎是从地下传来的，警告任何企图靠近的陌生者。

然而今夜，当这个新来者笨重地走向那几只畏缩在母亲身后的幼仔，母熊并没有发出一丝抗议的声音。那只大黑熊亲切地嗅了嗅幼仔，高声吼叫："科夫——科夫——"黑熊母亲似乎完全满足于这样的情感，从那时开始，那个陌生者就开始带领这支小小的队伍漫游，幼仔们这才知道它是它们的父亲。熊每隔一年交配一次，一对黑熊常常会在单年会合，作为一个家庭聚集在一起，一直漫游到冬天。

从体形上看，黑熊父亲堪称同类中的巨人，其体重无疑会颠覆天平，也许达到了220多公斤。伫立的时候，它的前肩超过了90厘米，身长在1.8米~2.1米之间。日常生活中，每当遇到紧急情况和危机，它始终都会挺身而出，给予一家子非常现实的帮助，随时解决麻烦问题。相比黑熊母亲，它甚至更加机警和聪明，在那片野性而偏僻的土地上，它带领小家庭深入所有最野性、最偏僻的角落。这个老巨人孔武有力且足智多谋，好多年都不曾遇到过对手了。在方圆160公里的范围内，豹、加拿大猞猁（Canada lynx）、豪猪、狼、狼獾（wolverine），还有所有其他的熊，无论是黑熊还是棕熊，都公认它为霸主。这种力量感赋予它某种冷酷的信心，它为自己的家庭捕猎、觅食，除了人，没有什么动物能妨碍它的行动。这只老熊既机智又强大，只要它察觉到人类这个索命者临近，哪怕只有一丝最轻微的气味传来，它也会迅速逃进它那偏僻的藏身之处，人类根本无法接近那里。

漫游中，黑熊父亲有一个古怪的习惯，那就是在它通常活动的24公里范围之内，每当接近某些树木，它都会带着极度的小心谨慎，把那些树木仔细检查好几分钟。那些树木总是伫立在一个突出的地方，上面深深地布满了齿印和爪印之类的伤疤和沟槽。黑熊父亲在一丝不苟地仔细观察之后，便会严肃地嗅闻每一处新近留下的印痕。此时，它会把脑袋侧向一边，似乎在接收和思考那些来自看不见的发送者的信息。偶尔，留在树上的信息似乎深深地激怒了它，它因此会恼怒地抓扒、咬啮那棵让它憎恶的树，然后一路小跑着离开，喉咙中还发出深沉的嗥叫。其他时候，它会彬彬有礼地竖起耳朵，仿佛认出了一个朋友，或者怀疑而礼貌地皱起鼻子，就像一只很有教养的熊遇到陌生者所表现的那样。然而，每当离开之前，它总会尽可能高地伸展身子，在树上抓扒，同时用牙齿划过树干，与爪印形成直角。幼仔们很快就知道这些孤零零的、有印痕的树是熊的邮局，它们还知道每一只具有真正精神的公熊的职责，就是用牙齿和爪子在那里划出痕迹，为朋友或者敌人留下可读的信息。

黑熊父亲巧妙地击杀大驼鹿

9月再度来临，黑熊一家子朝着北方远远地漫游，来到了幼仔们以前从未见过的国度。在那里柔软的苔藓中，它们看见了张开的蹄深深留下的巨形蹄印，而在各处，条纹槭（striped maple）在距离地面一两米之处的树干上，树皮都被撕成细细的长条，而且这样的撕扯始终出现在树木的一侧，因此这种被剥去一半树皮的树不会死去，这就像那些遭到了豪猪攻击而露出环带的树一样。原来，间隔很多年才发生一次的驼鹿（moose）缓慢的迁徙到来了。这些零散的驼鹿群体从遥远的北方漂泊南下，入侵这只公熊最靠北端的活动范围。就像灌木中最晚开花的金缕梅（witch-hazel）一样，驼鹿的爱情月在秋天也升了起来。此时，雄驼鹿几乎不讲究求爱的技巧，它的暴躁脾气达到了巅峰，简直就是脱缰的魔鬼。随着狩猎月在霜气弥漫的天空上渐渐增大，雄驼鹿既不休息、进食，也不睡觉，却不舍昼夜地穿过树林漫游，到处寻找伴侣。这个时候，人或者其他野兽若是碰到它，可就悲惨了！

白昼渐渐变短，这天，随着余晖渐渐散去，这一家子熊隐隐约约听到了一些奇怪的声音，那是从遥远的山坡上传来的一阵短促的"哦——啊！哦——啊！"的吼叫。突然，在不到180米开外的一道长满硬木树的山岭上，传来一阵"哞哞"的叫声，那声音久久回荡，听起来就像是"你——是——谁！你——是——谁！"那是雌驼鹿对远方可能成为配偶的情侣所做出的回应。听到那个声音，那只公熊就立即竖起了耳朵，在渐渐隐退的光芒中，它那双深陷下去的小眼睛闪烁着凶光。此时，它没有发出一点儿声响，便迅速拖着脚走进沼泽，直奔那个叫声而去。黑熊母亲犹豫了片刻，也紧随其后，幼仔们则一如既往地跟在母亲后面。空中弥漫的霜气和那种叫声，使得那只公熊蠢蠢欲动渴望吃到鲜肉。然而当它接近那道小小的山岭，一阵微风便吹过来，那只年轻的雌驼鹿敏感的鼻毛捕捉到了危险临近的气味，迅速逃之夭夭。

当那只公熊抵达山岭，让它根本无法相信的是，那只雌驼鹿早已逃逸了，而且到处都留下了温暖而芳香的气味，流连不去，如此清新，这让公熊双颚上一路都滴着口水。它沉默而迅速地穿过密丛，正当它四处搜寻之际，一个巨大的身影突然默默无声地闯进了视野，在树苗上面，在渐渐暗淡的天空上最后的红色条纹的映衬之下，那个高高的、巨大的、黝黑的身影隐隐出现。幼仔们见状，吓得赶紧畏缩在母亲身边，母熊立即带着孩子倒退到远远的背景中，同时，一只黑色的巨兽迈步到一片林间空地，它的脑袋是褐色的，四条腿是白色的，喉咙上摇摆着一缕长毛。它的肩高达2.1米，从尾巴到口鼻的身长超过了3米——这只伫立的野兽就是雄驼鹿。它身材硕大，头角从一边到另一边长达2.1米，巨大、扁平，犹如棕榈叶一般展开，前面有8个弯曲而锋利的叉齿，尽管那头角沉重得让最强壮的人也无法搬动，但那只驼鹿却可以轻而易举地将其转来转去，就像少女将帽子扔在头上那样灵活自如。

那只雄性驼鹿正处于发情期，本来就因为求偶而受挫，四处寻觅配偶又不得，心情十分忧郁，因此一看见徘徊的黑熊，它所有魔鬼般的坏脾气都立即爆发了出来。它那双深陷的、邪恶的小眼睛立即炽热地燃烧，随着一声咆哮似的吼叫，那庞大的身形，飞快地扑向黑熊。要在平常，熊一般都不会在9月这样傻等着跟雄驼鹿发生任何纠缠，然而今夜情况有所不同：那只熊是在自己的活动范围内，它的伴侣和孩子就站在身后观看，何况那只驼鹿是陌生者和入侵者。而且，对血的饥渴攫住了那只熊，而暴怒的熊堪称大地上最危险的对手之一。因此，这只黑熊让结实的腰腿支撑着自己，准备战斗到底。对于熊的活动方式有经验的驼鹿，将主要依赖于头角进行对抗，其锋利、扭曲的叉齿可以切割和撕裂对手，同时，那巨大而扁平的块状头角展开之后，又可以成为抵御敌人进攻的盾牌，对抗任何有效的反击。然而，这只特别的雄驼鹿毫无搏斗经验，尽管它以前也曾遇到过对手，但都不过是另一只等待它去发起攻击的驼鹿，因此，它根本就不知道自己面对的是一个致命的拳击手，对方多么善于进行短兵相接的战斗，而且，这只雄驼鹿此时唯一的念头就是在对手能逃走之前战斗。于是，它发出一声尖利的怒吼，以它的后腿为枢轴转动身躯，跺了跺它那笨重而边缘锋利的蹄，进行了两次打桩似的踢踹——这样的打击，一旦准确而重重地落下去，会把狼的内脏踢出来，或者踢死人，甚至会踢碎另一只驼鹿巨大的身躯。

然而，就在那只驼鹿冲过来的时候，那只熊沉下身子，向前滑动，那动作突然得就像一条活泼的线穿梭一般。当驼鹿致命的双蹄"飕飕"落下来，它的腿的一侧却遭到了一只熊毛茸茸的、强劲有力的前臂迎击，并从熊的肩头边上迅速擦过，但丝毫没有踢踹到熊。而熊那种引线般的力量和闪避的驱动，让这只驼鹿一下子就失去了平衡，它双膝跪下，跟跟跄跄地向前滑动了片刻，用头角和前腿顶着地面，试图重新恢复平衡。

然而，那嘀嗒的一瞬就是公熊所需要的一切。只听得它发出一声可怕、刺耳的咆哮——熊只有在面临生死之战时才会发出这样的声音，只见它以肉峰隆起的腰腿为枢轴右转，将它那武装着钢一般的利爪的巨大左掌突然旋转回来，形成粉碎性打击的摆动，而这样的摆动只有熊才能实施，有经验的野兽和人都知道，这是最可怕的打击：那形成脊状的前爪中的每一点儿力气，那巨大后肢大块隆起的、纠缠的肌肉中的每个力量的原子和每一点儿弹力，都汇集成了强劲有力的一击，准确而重重地落在驼鹿扁平的颧骨后面长长的脖子上。尽管驼鹿的体重接近一吨，然而这可怕的粉碎性打击却使得它巨大的脑袋羽毛一般旋动。随着一声猛然的折断声、撕碎性的破裂声，那只巨兽的身子便朝着一边摇摇欲坠，接着便倒了下去，并且，在一阵久久的痉挛性颤栗之后，那只驼鹿直挺挺地倒毙在地上——在黑熊可怕的还击迸发出的冲击力之下，它的脖子断裂了。那只公熊的身子向前滚动，但当它高高地站起来，俯视那业已倒毙的敌人之际，它那庞大的黑色躯体从不曾有过一丝颤栗。无疑，它依然是自己领地上的王者。

黑熊一家子各分东西，走向荒野

整整一个秋天，那5只熊都聚在一起生活。随后，11月的一天，它们的首领突然就消失不见了。对于这一点，黑熊母亲丝毫没有流露出焦虑，因为它知道"晚睡早起"是所有公熊的座右铭。在远远的山腰上，这4只熊很快就找到了一个入口很小又很干燥的洞穴，挤在里面一起过冬。

春天再度来临的时候，那3只幼熊已经再也不是幼仔了，它们都长大了，尽管还没有黑熊母亲那样庞大的身躯，但都长得强劲有力，再也不是一个季节之前那些喜欢展开四肢、腿很细长的幼仔了。布朗尼依然是其中体形最大的，而斯波蒂，一年前那只饥饿不堪的、呜咽的小幼仔,体形仅次于布朗尼,它并不那么结实,也不那么强劲有力,但它的行动却展现出灵活的、确定无疑的迅疾,在不停觅食的过程中,它的速度与布朗尼势均力敌不相上下。就像布朗尼那样匆忙,它的黑鼻子很细长,鼻尖附近带有一个银色斑点,常常在布朗尼之前伸出去抢吃东西。看来那个斑点肯定有某种魅力,因为布朗尼对此从来不会生气,尽管在熊的世界中,任何抢夺食物的行为,通常都会招来打斗,但布朗尼对斯波蒂似乎很宽容。

夏天的脚步越来越近,布莱基变得越来越暴躁。如果布朗尼靠近它,它就会冲着对方凶狠地嗥叫。黑熊母亲的脾气也开始暴躁起来。然后,在暮春的一个温暖的夜里,布莱基和斯波蒂都突然消失不见了。布朗尼到处嗅闻、探查、搜寻,却找不到它们的踪迹。白昼渐渐变长,进入6月,黑熊母亲变得更加焦躁不安,而且越来越容易发怒。6月中旬的一天,它来来回回地漫游,几乎不吃什么东西,脾气如此之坏,因此布朗尼在跟随它的时候都只隔着一段安全的距离,免得自讨苦吃。而布朗尼自己也开始焦躁不安、不快乐,仿佛它的生活中缺了什么东西,它不知道那究竟是什么。暮色渐渐隐退,一轮巨大的蜂蜜色月亮升了起来,把树林照耀得皎洁、明亮,以至于棕夜鸫(veery)又开始奏响它们那奇异的、泛起波纹的和弦,仿佛夜风正在吹过金色的竖琴弦弹拨出声响。

在它们前面的一片小小的林中空地上,突然出现了一头巨熊的黑色身影。黑熊母亲发出"嘶嘶"的叫声,走上前去迎接它的伴侣,片刻之后,它就领头走向那幽暗的绿色森林要塞。可怜、机敏、不快乐的布朗尼开始还一如既往地跟在后面，却不料两只老熊冲着它凶狠地嗥叫，它只得停下来，踌躇不前。当它看着父母的背影消失在芳香的黑暗中，它感到整个一家子的圆桌聚会都消失了，那个曾经如此快乐的小家庭再也不会聚在一起了。

布朗尼转过身来，走进附近的一片密丛匆匆离开，孤独而不快乐。它沿着一条微弱的小径前行良久，那条小径才逐渐宽阔起来，进入一个绿色的圆圈——那是某个被遗忘的焦炭坑永远留给森林的封印。空气中弥漫着栗树之穗散发出的麻醉药般的浓郁芳香，还有野葡萄（wild grape）的芳香，那些都是大地上最美妙的气味。随后在那个小小的圆圈中心，一个轻盈的黑色身影伫立在布朗尼面前，那个身影翘起的细长鼻尖上露出了一个银色斑点，布朗尼一下子就明白自己的生活缺乏了什么。于是，两个身影久久对视，布朗尼再也不孤独了，再也不会不快乐了。

接着，那个银色斑点在它前面慢慢地、慢慢地挪开，走向树林深处那柔和而芳香的黑暗。布朗尼跟在后面时，它还停下来，持续而低沉地吼叫，对众多想象中的熊发出可怕的警告：要当心那个银色斑点。同时，棕夜鸫的心弦成了鲁特琴，在密丛中歌唱，一只小小的猫头鹰从头上低声吟唱起情歌，雨蛙（hyla）犹如小精灵从远处吹响笛管，那两个身影沿着它们的那条蜜月之路前行，直至小径渐渐消失在那个爱情之夜的深处。

第3章　臭鼬漫游记

The Seventh Sleeper

深秋的大雪之后，野生动物纷纷出来觅食，在积雪上留下了形形色色的足印，犹如写在白纸上的各种文字。其中还留有这样一个悲剧：一只棉尾兔正悠闲地行进，却不料突然遭到死神大雕鸮凶狠的捕猎。"七个睡眠者"之一的臭鼬出来觅食，一只年轻的狐狸不知天高地厚，竟对它发起攻击，结果惨遭迎头痛击。巡游中，臭鼬捕住了一只鹧鸪，而另一只臭鼬不请自来，企图分一杯羹，双方互不相让、打得不可开交之际，一只狡猾的红狐乘虚而入，偷走了战利品。暮春时，臭鼬跟一位艺术家相遇，面对艺术家的热情，它并不领情，喷出臭气将其赶走。随后，它又潜入农场偷吃鸡蛋、牛奶、蜜蜂……不过，当一条大蛇挡住人类的去路，它又挺身而出，为人解围……

白纸般的积雪上，留下纷乱的动物足印

在康涅狄格的西北角，27座已经命名的山丘沉睡在积雪下面。北部伫立着巴拉克山——一座孤独的、棺材状的山丘，老拉什·豪（Rashe Howe）和他的妻子就住在山顶深深的树林中，从每年12月到次年3月，大雪都会封山。自从他在半个世纪之前到纽约去听珍妮·林德①（Jenny Lind）的演唱会，他的妻子就再也没有对他说过话。

在3.2公里之外，米隆·普林德尔（Myron Prindle）和普林德尔夫人居住在普林德尔山（Prindle Hill）的顶上，一到夏天，隐夜鸫（hermit thrush）就在那里歌唱，我们所有的兰花中最漂

---

① 19世纪瑞典女高音歌唱家（1820—1887）。

亮也最孤独的杓兰（lady-slipper），绚烂地绽放在隐藏的沼地中。然后是狮头山（Lion's Head）和响尾蛇山（Rattlesnake Mountain）——在那里，那个生活在森林黑暗之处的王者拥有巢穴。在那高耸而起的科伯尔山（the Cobble）——一座陡峭的圆锥形山丘那边，一个世纪之前，高曾叔祖父塞缪尔·塞奇威克（Samuel Sedgwick）一直耕耘到山顶。他所依赖的是3对同轭牛和他那种塞奇威克式的脾气，在平静的早晨，从3个不同的镇子，都听得见从科伯尔山顶传来的他与那些公牛进行的交谈。

在科伯尔山那边，是迪伯尔山（Dibble Hill），那里有一处业已消失的定居点，其中5座废弃的房子在林中已成断壁残垣。科尔茨福特山（Coltsfoot）、格林山（Green Mountain）和巴利哈克山（Ballyhack）分别朝着南边和西边延伸；西北部是金山（Gold Mountain），这座山曾经因为有废弃的金矿而得名，不过，华兹华斯助祭（Deacon Wadsworth）从那里获得的金子仅够支付其挖掘矿井的费用。然后是布莱克斯利山（Blakesley Hill），一条长约4.8公里的小路弯弯曲曲地爬到了山上，还有福特山（Ford Hill）——塞拉斯·福特和12个小福特居住在那里，再就是邦克山（Bunker Hill），那里弯弯曲曲的S形道路横越而过，那种路况常常让司机们抓狂。

在这些山丘那边，耸立着格里特山（Great Hill），从方圆16公里之外，都看得见有一棵巨树挺立在天际线上。在从未破晓的某一天，6代康沃尔（Cornwall）人计划步行或开车或骑摩托，去看看那棵树，想探明那究竟是什么树。有些人声称那是一棵榆树（elm），就像标注4个农场接壤之角的那棵巨大的"边界榆树"（Boundary Elm）；其他人相信那是一棵赤栎；还有人则荣耀地声称那是一棵美国梧桐（button-ball），但始终没有人确切地知道。而所有其他山丘的中心和腹地，是克里姆山（Cream Hill），在所有山丘当中，这座山丘最碧绿，最丰富，最浑圆。在这座山丘的侧翼，是康沃尔平原（Cornwall Plains）、康沃尔中心（Cornwall Centre）和康沃尔山谷（Cornwall Hollow）；它的脚下，依偎着克里姆湖（Cream Pond），湖泊的北岸，湖泊山（Pond Hill）直接朝着天空倾斜、上升。

从11月开始，克鲁姆山就被冬天紧紧地攫住了。漫长的夜晚，寒星在深紫色的天空上闪耀、火焰般燃烧，积雪在黝黑的树干上显现出钴蓝色，随后风暴就降临了。整整3天，北风都像狼嚎一样怒吼着，从遥远的卡茨基尔山①（Catskills）横扫下来，旋动那鞭笞的、刺骨的雪花，将其变成3米深的雪堆。在那些为了伫立几个世纪而建造的白色大房子中，人们安全而温暖地待着，被大雪封住。在早晨，在正午，在灰白的薄暮中，人们吃力地穿过雪堆走向厩棚，给那些耐心的公牛、在小隔间里跺脚的马、拴在套架上的母牛喂食、喂水，还给那些在这些暗淡的日子里一直待在栖木上的鸡喂

---

① 位于美国纽约州。

食。在田野上和森林中,"七个睡眠者"冬眠着,安全而温暖地睡到春天,而其余的野生动物却没有跟冬天媾合,它们被饥饿所驱使,必须跟敌人和食物玩捉迷藏的游戏。因此,在积雪的表面,随处可见它们用足印写下的文字,同时,那些足印又被疾风扫走,或者被飘落的雪花抹去。

狂怒的风暴终于停止了。到了第三天下午,积雪犹如一页未书写过的白纸,越过山丘、湖泊和山谷铺展开来。次日清晨,这页白纸上潦潦草草地写满了生命的故事,在沉寂的树木间,越过雪封的草甸,那些生命脉动、衰落又逝去。杂草茎在哪里铺开种子的盛宴,哪里就会有精致的足迹和花纹频频出现,其中的一些是由那三叉戟似的微小足印构成的,那就表明曾经有鸟类在那里进食:穿着白裙和有着浅色嘴喙的灯草鹀(junco),具有红色头饰和狭窄的白色覆翼羽的树雀,一群群从北极圈南下的朱顶雀(redpoll)——这种鸟儿具有玫瑰色的胸脯,看起来就像散落在白雪上的桃花。积雪上,成百上千个较大的图案表明,鼠类也曾经在漫漫长夜里彻夜飨宴、嬉戏。积雪下面,它们的隧道构成了迷宫,四处蔓延,每一根杂草茎旁边都有它们的洞孔,它们可以通过那些洞孔一群群匆匆地爬上来,进入外面的世界。积雪中,一些足迹呈现出两行小小的爪印,中间又被一条长长的沟槽所隔开,这些足迹是鼷鼠(deer-mouse)留下的,这种鼠类的背上呈现出松针的颜色,穿着白色丝绸的背心和丝绸长袜,还有粉红色的爪子、耷拉着的大耳朵和光亮的黑眼睛,那条沟槽就是它们细长的尾巴留下的印记。在它们的附近，有一行行稍大的爪印，只是偶尔才会有尾巴印记——那就是那些精力充沛、短尾圆头的草甸鼠（meadow-mouse）留下的足迹。

到处都有双重排列、犹如细小的感叹号一般的足印，这些足印被一个尾巴印记所隔开。无论这种足迹在哪里接近那些鼠类爪印的迷宫，鼠类都像轮辐一样散开。这些陌生的足印是中鼩鼱（masked shrew）留下的，这是世界上最小的哺乳动物，一个小小的盲目的死神，它的命运就是在每24小时之内必须吞噬掉跟自己的体重相当的血肉。另一种足印看起来就像是隧道，显现出那些呈Z字形的爪印留下的凹面。这是短尾鼩鼱（blarina shrew）的足迹，这种足迹到处转动，仿佛有一条蛇穿过雪尘而扭动、翻滚。不过，所有其他足印都从它那里放射出去，因为短尾鼩鼱比它的亲兄弟——中鼩鼱体形更大，而且更大胆，更凶猛，因此其他小动物一见到它，便纷纷逃逸，唯恐避之不及。

大雕鸮突然从天而降，猎杀棉尾兔

越过田野，穿过沼泽，树林内外，到处都显现出另一种足印：积雪上，这种足印由4个洞孔组成，其中两个相隔很远，而另外两个则相距很近。夜里，在头顶的寒天之中，在那些星星的宝石下面，参宿三（Mintaka）、参宿二（Alnilam）和参宿一（Alnita）等星星，在猎户座（Orion）的星带中微微闪烁，相同的足迹出现在那

4颗星星形成的天兔星座（Lepus the Hare）之处。尽管如此，在大地上的康涅狄格，这种印记属于棉尾兔（cottontail rabbit）。

那天早晨，在雪地上显现出来的诸多故事中，有一个用血色写成的悲剧。这个故事始于一只棉尾兔留下的足迹。起初，那两个相距很近的洞孔印在另外两个洞孔前面，这就表明了那只公兔当时正悠闲地一路向前跳动，它那短短的、紧靠在一起的前爪留下了那两个相距很近的洞孔，而长长的、相隔很远的后爪则留下了另外两个洞孔。这条足迹不时通往浓密的灌木丛的避风面，而就在那里，第五个印痕出现了——这是那只兔子拖着的那条粉扑似的棉尾所留下的印痕，显现出它曾经在积雪中坐下来休息或沉思。突然，相隔很远的印痕远远地出现在另外两个印痕前面——这是由于某种原因，那只兔子加快了步伐，随着每一次弹跳，它那长长的后腿都落在短短的前爪的前面。在前面稍远处，两只前爪的印痕相距很近，是以一条垂直线而不是水平线迈出去的。对那些能解读这种文字的人来说，这就意味着那只兔子正在以绝望的速度拼命奔逃。在每一次跳跃的末端，它都向内扭动两只前爪，尽可能用优势力量将自己推出去。

这条足迹呈Z字形奔走，又折返回来，交叉、转折、绕圈……积雪上的痕迹表明，那只兔子在拼命奔逃，每一次扭动和转折都讲述了它逃亡的过程，讲述了那种孤注一掷的拼搏和无声的绝望，然而到处都没有追逐者留下的痕迹。终于，在灌木丛中的一小块空地上，它的足迹在一圈被践踏、隆起和染红的积雪中结束了。

就在那斑斑的血迹边缘,一个巨大的 X 形痕迹深深地印在积雪中。更远处,就是那个积雪上的故事的结尾——那只在与死神的竞赛中输掉了命运的兔子,早已毙命,只剩下被撕裂、吃掉一半的尸体。不过,对那些能解读这种文字的人来说,这样的记录再明白不过了:那 X 形印痕是猫头鹰族类留下的符号和封印,正如 K 形印痕是鹰类猛禽的标记。原来,那个最凶猛的空中海盗——大雕鸮(great horned owl),拍动沉默的、压抑了声音的翅膀,突然飞扑到那可怜的棉尾兔身上,将其残忍地猎杀。那只兔子竭尽全力展现的速度,尽力做出的所有扭动、转折和灵巧的折返,都没能帮助它逃过这个空中死神,那迅疾的飞行速度和残忍、弯曲的利爪依然将其捕杀。

在树木周围,还有一串串其他足印,那些足印以 4 个印痕一组前行,那些细小的爪印,还真有点儿像微型的兔子足印。这是灰松鼠(gray squirrel)冒险的足印,它们挖掘到积雪下面,找到自己在秋天埋藏的坚果,或者是它们更加节俭的表亲红松鼠(red squirrel)的足印,它们动身去查找粮仓——隐藏在岩石避风面和空心树木中囤积的食物。那种以长长的直线一次次越过田野和森林的足印,是捕猎的狐狸留下的,那整齐、清晰地留下的印痕,绝不会有一个拖拽的爪子印记,因为它们不会从直线上分开腿行走,所以很容易把它们从狗的足印中识别出来。小溪沿岸,有麝鼠(muskrat)那种 4 根和 5 根脚趾留下的印痕,在两边都显露出尾巴的印痕;偶尔还有那个杀手——鼬鼠的双重足印,更有它的表亲水貂(mink)极为罕见的足迹。在这光滑的纸页上,只有人们传说中的"七个睡眠者"的签名缺失了：熊、蝙蝠（bat）、花白旱獭、花栗鼠、浣熊、跳鼠（jumping-mouse）和臭鼬（skunk），都躺在床上呼呼大睡。

狐狸不知天高地厚，竟然攻击臭鼬

风暴结束之后的第一天，随着太阳越升越高，天空呈现出 6 月一般的蔚蓝与柔和；日落时分，整个西边的天际仿佛在火红的琥珀光焰中开启了。那里有一条条宝石蓝和一洼洼绿色，上面是一抹可怕的水晶色火焰溅起的浪花。那天夜里，在康沃尔中心，挂在塞拉斯·迪安（Silas Dean）的商店外面的温度计里，水银不断爬升，越来越高。小长耳鸮（little screech-owl）以为春天来了，便将它那原本属于哀号的鸣叫变成了那表示爱情的 5 月的低吟浅唱，空气中充满了冰雪融化的叮咚声、滴落声和汩汩声。

第二天早晨，积雪上出现了一条新的足迹——一长串纤细而精致的足印，它们紧靠在一起，看起来犹如错综复杂的线缝图案。"七个睡眠者"中的最后一个苏醒了，留下那紧靠在一起的爪印的，正是不慌不忙、从容不迫的臭鼬。"别匆忙，别人会匆忙"一直是它的座右铭。冰雪融化的第二天黎明，它便出现在了阳光下。一整夜，它都在缓慢而镇静地漫游，在一个直径不到 180 米的圈子进进出出。然而，尽管它表现出一副全神贯注的样子和从容不迫的活动方式，但它在整个活动范围内并无什么收获，没有找到很多可以果腹的东西,而此时,到了它该就寝的日出时分,它正走在回家路上。

太阳升了起来,光线把这只动物照亮,向世界宣布了它的种种细节,给人留下深刻印象。它那引人注目且让事物黯然失色的特征,就是它那条华丽的大尾巴,那条尾巴犹如一片黑白的旗帜在它那宽大的背上挥舞;它那暗色的长毛,全都粗糙如麻纤,长着一撮撮白毛,其中一些如此之长,以至完全飘了出来,那条尾巴很奇妙,其宽度超过了长度。而就在尾巴尖上,有一蓬可以竖立起来的白毛,那些聪明的野生动物,只要一看到那蓬挺立的白毛,便会飞速避而远之。至于那些傻瓜,只是在得到教训之后,才会希望自己今后变得更聪明一些。它的两只小眼睛更靠近尖尖的鼻子,而不是宽大的耳朵,两眼之间有一道精细的白色条纹,那道条纹向后延伸到颈背的白色翎领上。颈背上,一道宽宽的白色条纹越过双肩而延伸,朝两边分叉,延伸至侧腹。

这只臭鼬在阳光下漫步回家的时候,遇上了一只年轻的狐狸,那只狐狸整整狩猎了一夜都一无所获,此时正饥肠辘辘地从山腰上下来。因为这只臭鼬露出了如此天真而无助的神情,那只狐狸就判定这个一身装饰华丽的陌生者肯定是某种不同寻常的兔子,于是不知天高地厚地冲上前去捕捉它,用它那狭窄的双颌从旁侧迅速猛咬对方。对它来说不幸的是,臭鼬率先猛然还击。臭鼬的祖先在德国佬之前的100万年就学会了使用毒气进行攻击。因此,当那只狐狸冲向臭鼬的时候,臭鼬便把尾巴扭动到一边,让两个臭腺做好行动的准备。它的两个臭腺靠近尾巴根，可以分泌出一种金黄色的流体，流体中充满毁灭性气体所产生的那种微小的气泡，到处飘浮，令人类和其他野兽都无法忍受。而且，臭鼬所装备的这种后膛式装填、精确射击的连发武器，还具有另一种尚未在任何人造火炮中发现的改进：每一个臭腺除了为远程射击而设置的那个洞孔，还有一圈较小的洞孔，那致命的气体能够穿过这些小孔喷洒出来，近距离形成一片发挥作用的云状物。

正当狐狸为攫住臭鼬而张开双颚，臭鼬便压缩那环绕着两个臭腺的强有力的肌肉垫，于是，从那一圈小孔中，一片令人窒息、盲目的腐蚀性气体喷射了出来，云雾一般直接喷洒到了那只狐狸震惊的脸上。这种气体散发的气味十分可怕，根本说不清那究竟是什么气味，只有大蒜、阴沟臭气、硫黄火柴、麝香和一些其他难以描述的气味混合起来，才能勉强给它定义。尽管如此，狐狸绝不会对气味恶心、反胃，因为人类鼻孔所厌恶且难以忍受的很多气味，都可以唤起狐狸快乐的舒适感。如今，那让狐狸向后一遍又一遍打滚的东西，让它的喉咙肌肉在痉挛中僵硬又收缩的东西，正是那令人窒息的辛辣刺鼻的气体。这种气体让它窒息，与氯气或氨气让人类窒息并无二致。此时，狐狸的脑海中只有一个念头：空气，空气，干净的新鲜空气，最好到好几公里之外去。于是，它以每分钟接近1.6公里的速度出发，去寻找新鲜空气，与此同时，臭鼬则不慌不忙地放下了那条羽毛状的尾巴，宽容地注视着那个渐渐远去的受害者，然后，迈着装腔作势的步伐，悠闲地动身，返回它那位于山腰上的家，而它的那个家曾经是一只灰色而年迈的花白旱獭的房产。

不久前的一天，当那只花白旱獭回到家，却被一个蛮横的侵占者赶了出来。但它并不服输，作为坏脾气而又固执的斗士，它总是能够保护自己，试图夺回属于自己的财产。然而，它仅仅吸入了入侵者喷出的一丝气味，就从此甘拜下风，永远放弃了自己的土地、房屋和不动产，还将所有的进入权、外出权和复归权拱手相让。从此以后，整个复杂的隧道和走廊系统都统统归属了臭鼬。归属它的，还有两个公开出口和一个位于一小片密丛中的隐蔽出口。那个舒适的巢穴、通道的迷宫中心的3个出口、仓库、沙堆，以及原来的主人习惯于安心休息的那片阳光晒暖的山坡，也都全部归了它。从那一天起，它就牢牢占据了这里，不曾受到一丁点儿打扰。

两只臭鼬争夺鹧鸪，却不料让狐狸得利

赶跑了狐狸之后，那只臭鼬一直睡到下午很晚的时候，才在日落前的一小时出来觅食。它慢悠悠地穿过灌木，在树木间以心不在焉的方式逆风而行，路线呈Z字形。尽管如此，它所能吃的东西都无法逃脱它那双深陷的小眼睛和那个尖尖的长鼻子。靠近树林边缘，它从一棵糖槭下面经过。在一根低矮的粗枝上，栖息着暴躁易怒的红松鼠，此时它正用两只前爪紧紧抓着一个长长的圆柱形物体，一点儿一点儿地啃食。当臭鼬从下面经过，那只松鼠一如既往地停下进食来责骂它,而且不断加强语气,越骂越激动,以至于一不小心就失手放松了自己一直在吃的东西,那东西一下子掉了下来,直接落到了那正在缓慢、沉重地行走的臭鼬面前。原来,那东西只是一根冰柱,然而臭鼬嗅闻了一下之后,便开始热切地、"吱嘎吱嘎"地大嚼起来,而那只红松鼠见状,便在头上胡言乱语地咆哮,却也无可奈何。原来前一天,那只松鼠在一棵糖槭的树皮上咬穿了一个洞孔,想尝尝那在冰雪融化期间流淌出来的甜蜜的树液,而到了夜里,那流淌的树液则冻结成了一根长长的、甜甜的冰柱,这可是野生动物的糖果,此前只有松鼠享受过,如今却落入了臭鼬之手。

那只臭鼬吞完最后一点儿冻结的糖果,便缓慢地动身走上了山坡。突然,它停了下来,嗅闻一处在积雪表面并不那么明显的隆起物。但它几乎还没有来得及把尖尖的鼻子插进去,那个隆起物突然炸弹一般迸裂开来,一只华丽的雄鹧鸪(partridge)从积雪中猛然冲了出来。原来风暴期间,这只鹧鸪一头扎进了雪堆,但那里十分严寒,而在积雪下面,它以身体的热量很快给自己融化出一个舒适的小空间,在这里,它安全而暖和,尽情享受它所能找到的香蕨木(sweet fern)贮存下来的丰富而香辛的种子,因此在那些漫长的日日夜夜,它安全地摆脱了寒冷和饥饿的困扰。然而,这场冰雪融化让覆盖在它上面的积雪变得如此之薄,以至于臭鼬那细细的鼻子透过白色的晶体闻到了它的气味。

那只鹧鸪从积雪中伸出脑袋,它那黑绿色的翎颌非常华丽,色彩闪耀,它刚一冲出来,就开始拍动强劲的翅膀,准备起飞。然而,面对意外之获,那只臭鼬哪里肯放过,它立即脱掉了面具,原来那种缓慢的行动一下子就变成了鼬鼠家族闪电般的猛扑,瞬间就扑住了那正要逃跑的鸟儿的翎颌,猛然咬碎了它的脖子。那只鸟儿猛烈地挣扎,却徒劳,在白雪上拍打翅膀,那斑驳的褐色羽毛四处纷飞,片刻之后,那只臭鼬就敞开胃口,享用美味了。

不过,它还没有吃完战利品,便被突如其来的意外打断了:山顶上,另一只臭鼬一路小跑下来,这是个老手,它的活动范围紧靠着第一只臭鼬的活动范围。这个新来者一看见那只死去的鹧鸪,便赶忙跑下来,试图加入这场盛宴,第一只臭鼬看见这个不速之客,立即停下进食,发出抱怨的"唧唧"声,偶尔还会发出一声低沉的嗥叫。根据臭鼬的准则来判断,那是极度愤怒的表现,但是第二只臭鼬根本不为之所动,径直走来。在臭鼬之间的"日内瓦公约"之下,对同类使用毒气弹或者任何形式的毒气攻击都是被禁止的,因此在臭鼬与臭鼬之间的战斗中,战士们必须依靠牙齿和爪子来搏斗。因此,当这个陌生者正满意地嗅闻着那被吃得剩下一半的鸟儿,便立即被猎物原来的拥有者咬住了前爪的后部,而第二只臭鼬也反过来紧紧咬住了第一只臭鼬的脖子,双方互不相让,空气中很快就弥漫起飞扬的雪尘和飞旋的毛发。两个斗士的牙齿都如此尖利,皮毛又如此厚实,因此双方实际上都无法给对方造成很大的伤害,但是,它们不断搏斗、翻滚嗥叫,它们的身体不断转动、滚动,看起来就像是一只飞旋的、巨大的、黑白的纸风车。

这场争夺战引起了一只老红狐（red fox）的注目，当时这只狐狸正沿着一个直径16公里的圆圈轻轻地跳跃着奔跑，搜寻任何可能意外出现在路上的零星食物。不像前一天那个遭到臭气攻击的新手，这可是一个经验丰富的老手，非常熟悉臭鼬的行动方式，它绝不会去攻击那两个斗士当中的任何一个，更不会将其当作这周边乡间所赋予的奖励品。直到它碰巧瞥见那只被松散的积雪半掩埋的鹧鸪，它产生了纯粹去赌博一番的兴趣，从那场战斗中获得战利品。那一瞬，它就高尚地下定了决心，准备去扮演和事佬的角色，移除那引起所有麻烦的"祸根"。于是它一步步偷偷靠上前来，接近那两只打得不可开交的臭鼬，又随时准备好在对方看见自己的时候转身逃之夭夭。最后，它沉着镇定，绷紧脚尖，来到了距离战利品不到1.8米之处。随着又一轮打斗开始，那两个斗士相互挣扎，距离那只鹧鸪越来越远，就在此时，那只狐狸像短跑运动员起跑，随着孤注一掷的跳跃，全速奔向鹧鸪。

　　然而就在那一瞬，第一只臭鼬的眼睛露出了积雪表面，它不经意地一扫，及时发现了它的鹧鸪吊挂在那只狐狸的肩头上，已经奔向了地平线，迅疾得几乎就像鹧鸪自己拍动翅膀飞走了一般。于是它立即松开嘴巴，它的对手也同样如此，这两个斗士迅速吃力地爬起来，在那里沮丧地站了好一阵儿，看着那只消失的鹧鸪渐渐远去。然后，它们无声地分道扬镳，转身离去。

可怜的艺术家惨遭臭鼬攻击

一周之后，冰雪融化期结束，那片布满山丘的乡野重新回到冬天严酷的控制之中。气温朝着零度骤降，那只臭鼬蜷缩成一个毛茸茸的圆球，用温暖的大尾巴将自己裹住，就像覆盖着一张羊毛被，在它巢穴正中央的卧室里，躺在一张铺满柔软的枯草的床上，一直睡到寒冬结束。春天的第一个预兆出现的时候，它又出来了，成为"七个睡眠者"中最晚睡觉、最早起床者。

终于，春天的绿色旗帜插满了所有的山丘。枯叶之下，靠近地面之处，蔓延的野草莓树那芳香的、黑白的花朵到处绽放，在更深的树林中，那皮革似的三叶草（trefoil）叶片，上面翠绿，下面深紫，徒劳地尝试隐藏獐耳细辛（hepatica）那蓝白色瓷器般的花瓣。在光秃的地点，虎耳草（saxifrage）那拥挤的白色小花在枯草中显现出来，而血根草（bloodroot）有着金色的心和短命的雪白花瓣，还有那多瘤的根——被拧断的时候，会滴下血一般的汁液来，故而得名"血根草"。稍后，紫罗兰（violet）在山腰上蔓延，形成蔚蓝的一片。那花朵下垂、浅黄褐色的叶片点缀的山慈菇（adder's-tongue）呈现出黄色。然后，飨宴的日子就来临了，总算弥补了此前业已消失了的好多周漫长的、贫瘠的时光。此刻，那些"嗡嗡"叫着、浮躁的六月甲虫（June-bug）、蟋蟀（cricket）、蛴螬、蚱蜢，还有田鼠（field-mouse）、各种蛇类、草莓（strawberry），以及那么多其他美食纷纷涌现出来，使得臭鼬的散步变成了摇摆而行，以便随时尽情享受美食。

正是暮春的一天，艺术家和臭鼬第一次也是最后一次相遇。上述那位艺术家不是别人，正是雷吉纳尔德·德哈文（Reginald DeHaven），他的水彩画可是名扬世界。雷吉纳尔德的面庞玫瑰一般红润，穿着丝绒灯笼裤，大腿胖乎乎的，因而让康沃尔的当地人怀疑他的心智是否正常，他们还频频抓住他的手来查看颜色值。这年春天，他寄宿在克里姆山上的老马克·胡尔巴特（Mark Hurlbutt）家里。和臭鼬相遇的那一天，他一直在山下的克里姆湖畔速写和素描，完成之后，他踏上一条林中路回家。道路进入属于马克的一片较高的牧草地时，他看见一只陌生的黑白动物朝他悠闲地走来，于是他静静地站在那里，唯恐将它吓走。他可能对此完全没有恐惧。那只陌生的动物默默地、沉着镇定地朝他走来，露出一副自信的神态。随着一步步靠近，艺术家被它身上那种色彩的搭配给深深吸引住了：那雪白的条纹从尖尖的黑鼻子上延伸下来，黑色脑袋背后有大片的白色，更重要的是，那条华丽、招摇的尾巴犹如绣球，使得它可以成为黑色和白色研究对象，简直令人叹为观止。

那只小动物装腔作势地迈着步子，径直朝他走来。它看起来多么温顺，多么漫不经心，因此德哈文打算逮住它，把它裹在外衣里面带回农场好好研究一番。当他向前迈出一步，那只陌生的动物似乎才第一次注意到他的存在。于是它停了下来，前爪跺了跺，在艺术家看来，那只不过是嬉戏、迷人的行为。要是他能真正了解这样的行为就好了——臭鼬很有教养，往往先礼后兵，它始终会发出 3 个规定的信号，而这是第一个，如果有时间，即便面对最令它不愉快的敌人，它也会同样发出这样的信号。

　　当德哈文走向那只动物，他再次看到那只动物高高地扬起了尾巴——那个家族华丽的黑白旗帜，让他颇感兴趣。就这样，他根本没注意到这第二个危险信号，就匆匆奔向自己糟糕的命运。现在，他距离那只臭鼬不到 1.8 米了，而那只臭鼬也完全停了下来，用那双深陷的眼睛专注地盯着艺术家。随着更加靠近，他注意到那此前一直在悬晃的白色尾尖突然僵直了起来，直立着摇摆。"就像一面白旗。"他异想天开地产生了这个念头，但是，再也没有比这种误解更可怕的了——那白色尾尖的翘起，是臭鼬发出的最后警告，那之后，剩下的就只有战争、残杀和混乱了。

　　即便是在那时，如果艺术家像石头一般静静地伫立，也许他还会有后悔的机会，因为臭鼬会长时间地忍耐，不愿随意采取行动，不到万不得已不会为之。此时，没有哪个诞生在乡野的守护天使来拯救德哈文。只见他迅速向前迈步，俯下身子去抓攫那只一动不动的小动物，而正当他将身子前倾的时候，他的命运就赶上了他：那只臭鼬把羽毛般的尾巴摇摆到一边，拱起身子，将后背弯曲到肩头，让自己充了电似的行动起来。接着，一阵看起来就像是蒸汽的东西猛然喷出来，射向那位不幸的艺术家，一秒钟之后，他就经历了对气体的价值观念的认识，而在以前，这种观念从来不曾进入他那受到庇护的生活。从他那插着小羽毛的丝绒帽子顶上，到他脚上那双仿麂皮鞋子,他成了被诅咒放逐的人,成了包括他自己在内的全世界的"主来吧!"的那句祈祷语。于是他不断咳嗽、打喷嚏、气喘吁吁、窒息,遭受恶心呕吐的折磨,大口呼吸,他的祈祷语是烦躁俱乐部的座右铭:"除了这里,哪里都行。"他最后一次看见那只如此严重地影响了自己生活的动物,显现出它那虚伪的端庄,沿着那条它从不曾改变方向的小径,大摇大摆地前行。

　　风吹向农舍,尽管事发地点有800米之遥,老马克·胡尔巴特也很快得到了那场战斗的预报。

　　"哎呀,又是哪只臭鼬在喷臭气了!"他在走向厕棚的途中停下了脚步,自言自语地念叨,"那可是一只体格健壮、手法老练的臭鼬啊。"他继续说道,同时抽动鼻子嗅了嗅微风。

　　一分钟之后,他就看见有人朝他这边跑过来,他认出那人就是自己的寄宿者。正当他看见艺术家,那个正在靠近的人浑身散发着气味飘了过来,他一下子就明白发生了什么事情。

　　"嗨!就停在那里别动,"老头大声嚷嚷起来,"你要再走一步,我可要开枪了。"他走上前去,将握在手中的铁锹直接对准那个痛苦的艺术家的脑袋,同时尽量屏住呼吸。

　　德哈文在路上停了下来。

　　"但是——但是——我需要帮助啊。"他恳求道。

　　"你当然需要帮助,"艺术家的房东顺着他说道,"有什么东西告诉我你很需要帮助。赶快到熏房后面去吧,脱掉衣服,我马上就过来。"

马克赶忙跑进房子，几乎立即就拿着一大瓶汽油、一块擦马车的海绵、一件印花棉布衬衣、一条工装裤出来了。他一拐过墙角，就看见那位艺术家背靠着熏房在摆弄姿势，身上呈现出淡红色和白色，脚下是一堆丢弃的衣物，这对于老头也实在太过分了，而且那位艺术家还像母鸡那样发出"咯咯"的声音。

"真见鬼，你看起来就像是你一直都在画的那些农牧神当中的一个。"他喘着气说道。

"闭嘴！"那位艺术家厉声说道，"你赶快把我安顿好，要不然我会重新穿上这些衣服，到你房子里去走走。"

这样的威胁可真是立竿见影，很快，一套昂贵且颇具美感的衣服就长眠在马克的熏房后面那个孤独的坟墓之中，至今还埋在那里。此后，那位艺术家用汽油擦洗了身体，直到全身散发出车库的气味，接着他就永远离开了康沃尔。临走的时候，他穿着一件防水雨衣，别的一切都归了马克。

"当他离开的时候，对于你来说，他离开了真是很幸运吧。"第二天傍晚，这个故事就在康沃尔中心塞拉斯·迪安的商店流传开来，老赫恩·鲁特（Hen Root）一本正经地说："马克，你要应付下去，要是他留下来，你可能因为过分嘲笑自己而患上某种中风症什么的。在我第一次看见他穿着很短的丝绒短裤之后，我几乎整整几周都不敢做任何事情。"

"对的，"塞拉斯·迪安打心眼里同意他的说法，"自从那时以来，你就不曾做过任何事情——在那之前也没做过。"他一边做出结论，一边小心翼翼地盖上赫恩旁边那桶薄脆饼干。

大蛇挡道，臭鼬挺身而出解救人类

也许，正是因为跟一位杰出艺术家的相遇，臭鼬的脑海里激发出了一种新的雄心。无论如何，从那一天起，它都开始时常出没于农舍宅院中。马克最初听到它出现的消息，是一只慈母般的老母鸡传来的——它原本在12枚鸡蛋上几乎很满足地栖息了一周，而今却悲伤地不断围绕它那空空如也的巢穴一直转动，"咯咯"地叫唤。原来夜里，某个狡猾的小偷从它那孵蛋的翅膀下面偷走了一枚又一枚蛋，那动作如此灵巧，以至于老母鸡根本没有发出一声"咯咯"的抗议。第二日早晨，尘埃中只剩下到处散落的蛋壳和一条很能说明问题的足迹。

"这个该死的无赖，"马克咆哮起来，"起初，它让我失去了一位很好的寄宿者，而现在，它又吃光了我那只纯种的白色怀恩多特鸡下的蛋。只要看见那只臭鼬，我要枪毙它。"

马克大错而特错。第二天一大早，他打开冷藏间，正准备把一桶牛奶放进去，却看见在那里，就在水泥地板中心沸腾、冒泡的泉水旁边，一个黑白的陌生者满足地畅饮着一盘牛奶，那盘牛奶原本是放在那里冷却的，现在却被它当成了食物。当马克推开门，那只臭鼬只平静地看了他一眼，就安静地竖起了那在很多不流血的胜利中挥舞过的旗帜。冷藏间的主人见状，只得退回去，等到不速之客喝完牛奶，悄然消失在牛奶贮藏室后面的灌木丛中，他才进去收拾残局。

"你不是说一看到那只臭鼬就要枪毙它吗？"就在那天吃晚饭的时候，雇工乔纳斯（Jonas）质疑地问道。

"乔纳斯，麻烦就在于，"马克悄悄地回应道，"它占有优势啊。我可是投鼠忌器——要是我开枪射击，我就会失去泉水、6加仑牛奶和一套衣服。"

"原来你们这些男人都是一群胆小鬼，"他的妻子听闻此言当面斥责，"我要找到某种方式阻止那只臭鼬在我们眼皮子底下喝完整整一盘上好的牛奶。它不会吓唬我的。"

"米兰达，"马克严肃地说道，"你可别对我说那只臭鼬是在虚张声势。要是你不相信，你就打电报去问问德哈文先生吧。"

别看米兰达发出威胁，后来正是她坚持说那只臭鼬应该继续生活在农场上，不要害怕它，也不要责骂它。她之所以改变了主意，是因为她所亲历的一件事。一天下午晚些时候，她从湖泊山上下来，去寻找一头新生的牛犊，那头牛犊一如既往被它的母亲隐藏在密林中的某处，那条小径深陷在两道土堤之间，土堤上覆盖着绒毛绣线菊（hardhack）绽放的黄花。在小径扩宽成一条简易道路之处，一根弯曲的绿色梗茎伸展在路上，上面摇曳着一朵玫瑰红的大花，那朵花犹如雕刻精美的贝壳，那就是杓兰（moccasin flower）——兰花中最美丽的花朵。米兰达见状，愉快得直喘气，弯下腰去采摘。

突然,就在那边,传来了一阵警告性的"嘶嘶"声——在她的前面,一条可怕的大蛇竖起它那膨胀的身体,接着,这条爬行动物的脑袋就变得扁平,直到犹如她的手掌一半宽大,就像一条耗尽了的蒸汽管,富有节奏地膨胀、"嘶嘶"作响,不断朝她这边出击,那就是盲目的、恶毒的、愤怒的体现。米兰达害怕得有些麻木了,赶紧后退,开始考虑自己应该怎么办。夜幕正在降临,如果她越过山顶回家,那么她还没到家天就黑了,至于绕道而行,世界上还没有哪种力量能说服她跨进小径两旁的密丛,因为她深信,密丛中肯定还聚集着大量的蛇。

就在这个紧要的关头,那同一只黑白的野兽——就是她在前一天还如此愤怒地提到的那只臭鼬,一副漠不关心的神态,沿着小径缓缓走了上来。它一看见那条盘卷着立起身子"嘶嘶"作响的蛇,就加快步伐赶上来,欢乐而活泼地接近那个威胁的形体。那条蛇喷着气、"嘶嘶"作响、出击,然而臭鼬却毫不犹豫,它伸出纤细的爪子将那条爬行动物控制住,一口就咬掉了那威胁的蛇头,然后把那个蠕动的躯体上的皮剥得干干净净,在胡尔巴特夫人那兴奋的眼前将其吃得精光。接着,那只臭鼬显然丝毫没有注意到她,便径直朝着山上走去,最后在绒毛绣线菊丛中消失得无影无踪。

让米兰达根本无法相信的是,自己遭遇到的那条蛇只不过是一条无害的膨身蛇(puff-adder),尽管采取了那种虚张声势的方式,它却没有毒牙,从没有人知道它咬过什么。从那一天起,米兰达就将那只臭鼬神圣化了,将它想象成农场的守护天使,于是下令大家不要去骚扰它。即便是那只臭鼬重返农场，敞开它那皮革一般坚韧的胃，把马克珍爱的一窝蜜蜂吃掉大半，米兰达也绝不允许任何人去伤害它。

"那可是一只重要的臭鼬啊！"马克讥笑道，"你让它带走蜜蜂、寄宿者、牛奶还有鸡蛋，从来没有说过一句话。我倒希望你像关心臭鼬那样关心关心你的丈夫吧。"

"要是他也那么勇敢而英俊的话，我当然会关心的。"米兰达喃喃低语。

6月带来了美妙的感化力，彻底平息了这场争论。此时，乔纳斯下山去收获糖槭——在牛奶贮藏室的草甸下面，生长着大片的糖槭。当他爬上山坡回来的时候，湖泊山上，一轮巨大的金色月亮露出了边。他看见一个熟悉的黑白形体走向树林。正当他出神的时候，一个队列走下来迎接那个形体，走在队列前面的是另一只成熟的臭鼬，一长队弯弯曲曲的幼仔紧随其后。1只、2只、3只、4只、5只、6只——乔纳斯数点到整整10只，这些幼仔当中的最后一只浑身乌黑发亮，只口鼻上有一根细小的白色条纹。当那只孤独的臭鼬与那个队列相遇，它们都久久地停了下来。然后，它突然走到那个队列的前面，那个长长的队列便开始满足地尾随它前行。臭鼬夫人跟伴侣分离了一个冬天和一个春天之后又重聚了，还带来了它的孩子。这些野生动物离开了人类，再也没有回来，它们一路前行又前行，深入夏天的树林腹地。

第 4 章　候鸟迁徙记

High Sky

秋天，当黑嘴天鹅从北极苔原启程南飞，各种野鸭也纷纷跃入空中，组成庞大的集群，前赴后继地南迁。途中危机四伏，一只绿翅鸭迅速超越其他野鸭，却遭到了迅疾的游隼捕杀。迁徙中，候鸟们根据自己的能力，分别选择了3条不同的路线：水道路线、岛屿通道和刺歌雀路。一群金鸻迁徙之际，也遭到了饥肠辘辘的矛隼伏击。那只矛隼还试图赶上并捕杀一只蝙蝠，却被对方远远甩在了身后。尽管杀机重重，一波波候鸟还是义无反顾地飞向南方。夜幕降临后，夜间飞行者又开始旅行，各种莺、鸫等小鸟组成大集群，不顾大西洋上的灯塔照射，越过辽阔的大海。其中，北极燕鸥从北极到南极，行程超过了1.77万公里……

领头的绿翅鸭遭到游隼捕杀

"当啷!当啷!当啷!"——那种声音从半空中飘下来,仿佛冬天冰冷的大门正在打开。一群散乱的加拿大黑雁(Canada goose)脑袋呈黑色,脖子下面犹如婴儿一般戴着围嘴,搏击着风而飞下来,飞行之际朝着大地叫喊。在它们的下面,尽管依然是秋天,但那黄褐色的沼泽已经显露出一片片新结的灰白的冰,到处都是一块块蓝色的积雪。突然,其他音符在远方隐约响起,宛若遥远的号角,原来,一群呈现出朦胧的白色的黑嘴天鹅(trumpeter swan)扫过天空,在阳光下犹如白银微微闪烁。它们从北极苔原一路南下。在北极短暂的夏季,它们那巨大的巢穴犹如瞭望塔,伫立在平坦的泥炭藓沼泽之上,黑嘴天鹅就像鹰一样,对天上和地上的敌人无所畏惧,因而根本不屑于隐藏巢穴。

当它们那喇叭般的音符越过沼泽而鸣响,无数的水禽发出混杂的鸣叫予以回应,因为当这种天鹅开始启程南飞的时候,较小的鸟类便没有时间继续逗留下去了。于是,一缕缕鹬(snipe)和野鸭组成的队列跃进空中,开始南迁,其中不乏帆布背鸭(canvasback duck),它们闪现着暗红色的脑袋和脖子,一边飞翔一边嘟哝,鹊鸭(golden-eye)的翅膀呼啸作响,斑背潜鸭(scaup)呼噜作响,黑鸭(black duck)还有那翡翠色脑袋的绿头鸭"嘎嘎"鸣叫,针尾鸭(pintail)则呜咽而鸣……一时间,整个天空中都充满了野鸭的音符,此起彼伏。当一群群野鸭朝南方疾飞,不同的家族则依照不同的速度选择了自己的位置:一马当先的是帆布背鸭,它们能以每秒大约 48 米的速度飞行;接下来是针尾鸭,还有林鸳鸯(wood-duck)——其雄鸭具有鹅绒黑、紫色和白色的翅膀。绿头鸭和黑鸭落在后面,而在更远的后面,一大片蓝翅鸭(blue-winged teal)云一般"嗖嗖"飞上天空,翅膀上呈现出闪烁着光泽的浅蓝色,犹如擦亮的钢在阳光下闪耀。它们完美和谐地飞行着,与候鸟主要群体之间的距离不断缩小——蓝翅鸭专心致志飞行,一分钟便能飞出 3.2 公里。在这片紧密的云一般的蓝翅鸭后面,紧跟着一只孤单的绿翅鸭(green-winged teal),这是一只小小的雄鸭,脑袋呈栗色,具有亮丽的绿色条纹,两只翅膀上都各有一块翠绿色。

一会儿,那群蓝翅鸭就超越了"嘎嘎"鸣叫的绿头鸭和黑鸭,仿佛那些绿头鸭和黑鸭在天上抛了锚。接下来,鹊鸭和针尾鸭也被它们超越了,然后,那个小小的群体以完美的形态飞翔,开始超越在最前面领头的帆布背鸭。而此时,那只小小的绿翅鸭渐渐上升,完全沉默不语,靠近那些"嗖嗖"作响、嘟哝的领飞者,直到与它们并驾齐驱。起初很缓慢,然后越来越快,它们之间拉开了距离,两群鸟儿——包括那只紧随而来的孤单的绿翅鸭,之间最终隔开了一片清澈的天空。然后,蓝翅鸭第一次开始说话,用柔和的、口齿不清的音符来宣告胜利,而那只绿翅鸭也发出一声圆润的呼啸,随声附和。

绿翅鸭发出的声音,似乎让它突然想起自己是天空速度的王者之一。尽管绿翅鸭比它的兄弟蓝翅鸭身体要短 2.5 厘米,但它是一种更能吃苦耐劳、速度更迅疾的鸟儿。没有受到任何群体队形的阻碍,这个孤单的飞行者不断加快翅膀的拍击速度,直到如一颗射出的子弹飞速前行。一会儿,它就赶上了那些领飞者,飞到它们上面,接着便迸发出巨大的速度,超越了过去,从天空中独自迅速地飞下来。那个绿色条纹的小脑袋在前面忽闪,越来越远,它那短促的呼啸声也越来越微弱,传回后面那群飞鸟之中。

然而,正是这只绿翅鸭的鸣叫,或许是它那超速飞行时脑袋呈现的绿色闪亮,引起了一个翱翔的空中海盗的注意。这个强盗像其他强盗一样,嘴喙四周长着一撮状若黑色条纹的小胡子,而且,它还有一对放荡的、肆无忌惮的长长的翅膀,以及布满利齿的钩状嘴喙,这些特征都表明它是一只游隼(duck hawk)——最凶猛、最迅疾的隼类之一。那只游隼一看见超速飞行的小野鸭,那望远镜一般的眼睛便像火光一样闪烁起来,随后就振翅穿过天空,弯曲地飞了下来，一会儿便跟在那只小野鸭的尾迹之中了。那只小雄鸭每一片绷紧的羽毛和紧张的身躯，都显示出它飞快的速度，因为它此时的速度已经达到了每分钟3.2公里。

然而，那只追逐它的游隼却并不那么迅疾，相反显得轻盈、敏捷。它那长长的、狭窄的翅膀和箭矢一般的身躯，显现出它的运动是多么不费力，因此看起来它似乎根本不可能赶上那只小雄鸭。然而，每当它拍击一次翅膀，都跟小野鸭拉近了距离，两者越来越近，游隼的飞翔如此迅疾而沉默，因此直到死亡的阴影落到那只小雄鸭的身上，它才知道自己正在被死神追逐。然后，它充满了死亡的恐惧，发出了粗厉的尖叫，试图拼命加速逃走，但这看起来已经不可能了。那个阴影始终犹如一片黑色的裹尸布悬挂在小小的绿翅鸭上面，紧接着，就在一瞬间，死亡的命运就赶上了它：那只游隼迅疾得几乎让任何肉眼都无法追踪，猛然发动了隼类猛禽捕杀猎物的攻击，须臾间，那只野鸭就从一个活泼、充满生气、箭矢般迅疾的鸟儿变成了一大片到处纷飞、了无生气的羽毛，犹如一只铅锤穿过天空重重地落了下来。随着又一次冲刺，那只游隼盯着业已死去的猎物下摆，伸出利爪将其抓住，飞扑到大地上，悠闲地饱餐了一顿。

矛隼伏击漫漫旅途上的金鸻

在天空中，在雨、风暴和雪之上，有一个只有少数天空朝圣者才会进入的孤寂之处。在那里，在 4.8 公里的高处，是赤裸的空间和弯曲的天空。在北方，一簇黑色的小点显现在蓝天上，它们的体形迅速增大，直到在一轮远比地面上的人和动物所了解的更明亮的太阳下，一群金鸻（golden plover）终于穿过闪耀的空气而忽闪。它们依然穿着夏季的衣装，胸脯和身侧呈现出黑色，背上和头冠上的每一片褐黑色羽毛都镶嵌着金边。在它们历经漫漫长途、飞抵遥远的巴塔哥尼亚[①]（Patagonia）之前，它们身上的黑色会逐渐变成灰色，因为在北极的夏天停留的时间如此短暂，它们必须在飞行途中换毛，甚至求偶。

这群鸟儿在永久的积雪中筑巢，它们飞行的里程过于漫长，往往不是以数百公里而是以数千公里来测量。今天，它们飞行在前往新斯科舍[②]（Nova Scotia）的 2400 公里旅程中的第一段路程上。到达新斯科舍之后，它们会休息一下，然后才踏上那只有空中王者才能飞行的"水道路线"（Water Route）——它们会径直飞越风暴扫掠的大西洋和天气变化多端的墨西哥湾（Gulf of Mexico），那段路程长达 3800 多公里，然后前往下一站——阿根

[①] 南美洲南部广袤的地区，由大片草原和沙漠组成。
[②] 加拿大东南部一省，由新斯科舍半岛和布雷顿角岛组成。

廷无树大草原。那些稍稍缺乏勇气的飞行者会选择迂回绕行的"岛屿通道"(Island Passage),即越过古巴、波多黎各、安的列斯群岛①(the Antilles)等岛屿,前往南美洲的北岸。而濒临墨西哥湾那些州的卡氏夜鹰(chuck-will's-widow),来自新英格兰(New England)的布谷鸟(cuckoo),来自魁北克②(Quebec)的灰颊夜鸫(gray-cheeked thrush),来自拉布拉多③(Labrador)的灰沙燕(bank-swallow),来自阿拉斯加的黑顶白颊林莺(blackpoll warbler),还有大群各地的刺歌雀(bobolink),则会选择从弗罗里达前往古巴的"刺歌雀路线"(Bobolink Route),飞行1100多公里,越过墨西哥湾前往南美洲。

只有少数精力最充沛的水鸟才会跟金鸻一起分享"水道路线"。这群金鸻启程的时候,环绕、盘旋、飞扑下来,呈现出这个物种奇妙的进化过程。但是,它们最终展现出了旅行姿态——当金鸻开始专心致志地飞行时,似乎只有子弹才能赶上它,任何速度慢于子弹的东西,都不会对它们构成威胁。

然而,远在这群金鸻之上,飘浮着那看起来似乎是从低层天空吹上去的一点儿白云。当那个白色的小点朝着超速飞行的金鸻迅疾地飘移下来,才渐渐呈现出一只大鸟的形状:它的身上点缀

---

① 加勒比海中的群岛,在南美、北美两大洲之间,由大、小安地列斯群岛组成。
② 加拿大东部一省。
③ 加拿大东北部沿海地区。

着斑驳的珍珠灰，尖尖的翅膀翼展很长，几乎达到了1.5米。这是一只白色的矛隼（gyrfalcon），由于饥寒交迫，被迫从格陵兰（Greenland）一路南迁，来到这里捕食，此时，它就像上层天空中某个残忍的幽灵，在这些孤寂之处出没，它那凶猛的眼睛闪烁着黑光，它那钩子状的嘴喙尖上闪烁着蓝光。

正当这群金鸻"嗖嗖"飞向南方、前往夏天之际，那飞来的矛隼的某一片阴影肯定落到了它们身上，因为这整整一群鸟儿突然在天空上散开，就像一捧到处掉落的珠子，每一只鸟儿都穿过空气转折、返回、躲避，却始终迅疾地南飞，那速度令很多其他飞行者都无法媲美。然而，对于金鸻来说，不幸的是，矛隼也许是鸟类中最迅疾的飞行者，而且拥有隼类家族所赋予的所有神秘的天赋——在它选定并开始追踪猎物之后，它可以自动锁定猎物的每一次折返、扭动、转弯。这只矛隼选择了猎物，一瞬间就穿过天空而追击。那只矛隼身形巨大，它前前后后、上上下下、来来往往地飞行，飞出的圈子令人眼花缭乱，绕出的曲线让人困惑不已，迅疾地追击体形最大的那只金鸻。两者仿佛被无形的串联式马车所连接、驱动，矛隼的白色形态与金鸻保持着一段准确的距离，直到那只金鸻最终放弃了绕圈和折返，转而直飞一段路程。不过就在那一瞬间，那只矛隼忽闪的白色翅膀就来到了它的上面，与先前那只体形较小的游隼攻击绿翅鸭的方式相同，这只矛隼也同样采取了箭矢般的猛然扑击，片刻之后，它就伸出利爪，抓住了那下坠的、业已死去的金鸻的躯体，滑翔着下降，落到地面，开始饕餮猎物。

矛隼试图捕杀蝙蝠,却望而兴叹

这场悲剧发生之后,天空似乎一度空寂了下来,因为那些分散的金鸻渐渐消失不见,飞出很多公里之外才重新聚集成群体。随后,大量细小的黑点在蓝天上出现了一瞬,就像是阳光中的灰尘微粒,只不过它们没有上下舞蹈,而是以不可思议的速度向前疾飞,仿佛一连串子弹突然变得可见了。原来,这是一群红喉北蜂鸟(ruby-throated North hummingbird),世界上最小的鸟儿,其速度远比任何体形比它们大两倍的鸟儿都要快得多。它们毫不犹豫地飞向南方的太阳之地,一边"嗡嗡"作响地飞翔,呈现出一种沉浸、滚动似的运动,一边消失在前往墨西哥湾路途中的远方,它们要不停歇地飞越那片宽达1100多公里、危机四伏的水域。

落日接近世界的边缘,下层的云朵从一堆堆白雪变成了大片大片冒烟的黄金,溅洒着一块块难以忍受的深红色。此时,天空中再度挤满鸟儿,那些最后的白昼飞行者是燕子家族。其中有白腹树燕(white-bellied tree swallow),有长长的剪刀尾的家燕(barn swallow),有乳白色额头的崖燕(cliff swallow),有褐色背部的灰沙燕和毛翅燕(rough-winged swallow)——空中挤满了它们的身影,不断旋转、弯曲地飞行。它们的大哥紫崖燕(purple martin)与它们同行,与它们一起飞行的,还有夜鹰(night hawk),这种鸟儿的翅膀上有白斑,它们旋转下来时,还不时发出空洞的、带有鼻音的声音。和这个集群一同飞行的,还有雨燕

（swift），这种燕子在烟囱里面筑巢和睡觉，至于它的冬季之家，人类尚未发现。

弯曲的天空之上，当天蓝色渐渐深化成蔚蓝色，一个影子般模糊的形体飞向那盘旋的、忽闪的雨燕和其他燕子群体，那个新来者拍动巨大而光秃的翅膀，而那翅膀似乎是一片片褐色的羊皮纸糊在一起的，与任何鸟类的翅膀都迥然不同，任何鸟类也跟它相去甚远，没有它那种布满银色的霜状的、柔软的褐色皮毛，也没有它那种宽阔而飞扬的耳朵和一张鬼怪似的脸。在距离地面很远的高处，这个哺乳动物虽然诞生于大地上，却用自己的元素击败了鸟类。当这个陌生者超越鸟群的时候，没有哪只燕子流露出惊恐，因为它们认出这是一只灰蓬毛蝠(hoary bat)——北美最大的蝙蝠，这种蝙蝠常常跟燕子们一起迁徙，跟燕子们一样，它也仅仅以昆虫为食。

太阳低沉，鸟族巨大的群体朝着大地飞扑下来——燕子、雨燕和紫崖燕都是白昼飞行者，不会在夜间飞行。而蝙蝠却不是这样，在渐渐隐退的光芒中，它独自朝着南方稳定地飞翔，但它没飞多久，那只白色的矛隼就看见了它的身影，便从大地上再次飞起来，看来，尽管它从那只金鸻丰满的胸脯上吃了几口肉，却未能满足它那辘辘的饥肠，因此，当它看见那只轻快地掠过的蝙蝠，便拍动翅膀，以先前赶上金鸻的相同速度穿过空气而忽闪。那只巨大的鹰隼穿过空气极速飞行，其速度还没有哪只鸟儿能够超越。

然而，哺乳动物即便是作为飞行者，其生命比鸟儿的生命更长久，而且更有效。因此，当那只蝙蝠竖起耳朵捕捉到矛隼翅膀发出的"嗖嗖"声，它那对覆盖着皮肤的翅膀也开始加速拍击，而那只矛隼突然停止了加速。这只大蝙蝠蔑视折身返回或Z字形之类的规避技巧，以鹰隼们所喜欢的那种直线飞行来进行竞赛，对于任何敢于在鹰隼面前尝试直线飞行的鸟儿，这样的行为无疑意味着迅速死亡。那只矛隼是鸟类中的速度之王，然而灰蓬毛蝠比它的速度还要快。5分钟、10分钟、15分钟过去了，那只矛隼这才意识到自己的飞行速度被对方超越了，那只蝙蝠以漫不经心、毫不费力的方式加速，飞向更远的地方。当天空中只剩下一道银色的条纹，点缀着一群小小的蓝紫色的云，日光渐渐退去，那只矛隼便放弃了追逐。而当矛隼犹如一颗白色的流星飞扑到大地上，蝙蝠那褐色的形体早已消失在蓝紫的暮色之中，继续拍动翅膀飞向南方。

灯塔之光短暂地困住夜间飞行者

当天空深化成孔雀蓝，西边一条微弱的琥珀色带子试图遮住黑暗，星光突然出现了，充满了柔和的笛音和啁啾声，原来，夜间飞行者开始了旅行，它们一边穿过漫长的时辰飞行，一边发出相互鼓舞的鸣叫。迎着正在上升的月亮那金色的轮盘，一个细小的黑色身影的队列连续不断地飞来，很快，整个天空中都充满了来自北方的朝圣者。刺歌雀发出"琴科、琴科"的声音,犹如一枚枚银币穿过寂静坠落下来;在更高处,黑顶白颊林莺发出"奇普、奇普、奇普"的声音,从马格达伦群岛①(Magdalen Islands)一路传过来。而与它们展翅同行的,还有20来种莺类大家族中的其他成员,有黑喉蓝林莺(black-throated blue warbler)、栗颊林莺(Cape May warbler)、红尾鸲(redstart)、金翅虫森莺(golden-winged warbler)、黄莺(yellow warbler)、黑喉绿林莺(black-throated green warbler)、纹胸林莺(magnolia warbler)、黄腰白喉林莺(myrtle warbler)、森莺(parula warbler)——这个多彩的家族的无数成员聚在一起,穿越天空朝着南方旅行。与这些莺类同行的,还有莺雀(vireo)、黄鹂(oriole)、唐纳雀(tanager)以及4种不同的鸫(thrush),此外有十几种不同的鸟儿紧随其后。

在这些鸟儿当中,大多数已经穿上了适应漫长旅程的旅行装:唐纳雀丢弃了原来的那种深红色和黑色,穿上了黄绿色的衣装;靛蓝维达鸟(indigo bird)丧失了它那栩栩如生的蓝;玫胸白斑翅雀(rose-breasted grosbeak)那玫瑰色的色斑也消失了;黑顶白颊林莺的白颊、黑喉绿林莺的黑喉也都消失了;刺歌雀也穿上了橄榄浅黄色的朴素外衣,上面的黑色条纹,取代了以前的那种乳白色和鹅绒黑……

一旦到了夜里,随着这支候鸟大军越过大西洋的一个岬角,

---

① 加拿大魁北克省东部群岛,在圣劳伦斯湾内爱德华王子岛和纽芬兰之间。

那里的一座灯塔对着它们忽闪着那致命的眼睛，这些飞行者的队列立即被打乱了，它们一群群地陷入混乱，围绕那没有鸟儿可以通过的女巫之火盘旋又盘旋。它们头昏眼花地绕着圈子，乱飞了很多个时辰，直至疲倦，其中一些弱者开始朝着黑暗的水域掉下去。对它们来说，幸运的是，光芒的颜色在子夜从白色变成了红色，这些囚徒才得以从那白光施加在它们身上的咒语中摆脱出来，一会儿，空中就重新充满了欢乐的飞行鸣叫，这些被释放的鸟阵迅速穿过黑暗，匆匆向前赶路。

一整夜，它们都在稳定地飞行，仅仅日出时分才降落到大地上。随着这些困倦的飞行者在树木和田野上寻求休息之处、觅食，在它们的头上，迎着一个深红色和金色的黎明，那天空飞行者当中的长途冠军——北极燕鸥（Arctic tern）飞了过去，这种鸟儿有着雪白的胸脯、黑色的脑袋、弯曲的翅膀和叉状的尾巴。它在自己尽可能找到的极北之地筑巢，那里距离北极点仅有 7.5 度，而在迁徙的时候，它会飞行 1.77 万公里前往南极洲，并且从北极到南极，它所看见的日光远远多于任何其他动物。一年中，它有 8 个月从不知有夜晚，而在另外 4 个月，它拥有的日光也多于黑暗。这个大地上最孤寂之处的居民，蔑视所有的陆地，孜孜不倦，不断旅行，一身发白地闪过黎明的天空，消失在远方的天际。

第 5 章 花栗鼠历险记

The Little People

春天，花栗鼠聚居地的成员合唱之际，一只捕猎的白尾鹞突如其来，中断了这场音乐会。一只叫奇皮的花栗鼠流离失所，差点儿被凶猛的纹腹鹰抓走，于是它不得不给自己建造一个新家。到了夏天，一只大鼬不期而至，先把奇皮困在树上，接着对它穷追不舍，在逃生过程中，奇皮偶然让追逐者与毒蛇同归于尽。不久，一条大黑蛇入侵聚居地，钻进芳邻的洞穴，奇皮挺身而出，英雄救美，拼尽全力咬死了入侵者。接着，一只小鼬像死神闯入聚居地，一路大开杀戒，还钻进了奇皮的洞穴，而奇皮奔逃之际始终机智应对，在地下、旷野、水中不断与杀手周旋，虽然九死一生，但最终不仅逃脱了死神的追击，还与原来的芳邻意外重逢，开创了一个新的聚居地……

花栗鼠的音乐会被不速之客打断

温暖的阳光中，红花槭露出玫瑰红和金绿色，树林被蚀刻成淡紫色与褐色，迎着紫红色的天空而挺立。蓝鸲的背上呈现出天空的颜色，胸脯上则呈现出大地的红褐色，它用柔和、美妙的女低音鸣叫"遥——远！遥——远"。一片湿漉漉的草甸上，一群短尾巴和白眼睛的锈色黑鹂（rusty blackbird），犹如"吱嘎"作响的独轮手推车在一起歌唱，在那长声尖叫的合唱之上，那唯一分裂的音符不停地发出声响。草甸那边，有一个小池潭，那里的空气因为蛙类演奏的音乐而不断震颤。雨蛙们就像有一胸腔的哨声而唱个不停，那声音如此尖锐，以至于空气都随着它们的歌声而颤栗。每隔一会儿，这场合唱之上就会单独生出一个清澈的笛音，那是小小的红蝾螈（red salamander）发出的爱情鸣叫，而蟋蟀蛙那拉长声调的咕哝，林蛙（wood-frog）那颤声的鸣唱，蟾蜍那柔和的低吟浅唱，无不给场景增添精美的和谐。附近，一只歌带鹀（song sparrow）从一棵正在发绿的柳树上喘鸣而唱，但跟蛙类合唱的那种尖锐而高昂的美妙相比，它的音符听起来无疑有些单调。

靠近普林德尔山顶，有一片温暖而干燥的山坡，山坡上点缀着一片片灌木丛、牧草场和一块块岩架，那些岩架一路上升，抵达那为山顶加冕的树林才停下来。较远的地方，有一个小小的湖泊。沿着这片阳光明媚的山坡，到处都布满了穿过坚韧的草皮而钻下去的小圆孔。太阳越升越高，一阵阵小小的热浪深深地渗透到草根下面。

突然，从其中的一个洞孔里面，一个尖尖的小鼻子伸了出来。一秒钟之后，这一年的第一只花栗鼠便出来了，在沉睡着度过漫长的冬天之后，它从洞孔中冲到地面上。在它那两色相间的背上，有一道黑褐色的条纹沿着中心延伸，另外4道条纹则成双成对地伸向两侧，被乳白色的条纹隔开。它的面颊、侧腹、四脚，还有它那黑边的尾巴下侧，都呈现出浅黄褐色，它仿佛穿上了一件丝绸般的白色背心。它竖起白尖的尾巴，蹲坐在腰腿上，后倾着脑袋，敞开歌喉，开始唱起那支春天之歌——一年中的黎明时分，每只花栗鼠初次来到地面上时，都必须唱起这样的歌："查克——啊——查克——啊——查克"就这样，它以每秒啁啾两次的速率高声歌唱。

听到这个最初的音符，众多的尖鼻子和明亮的黑眼睛便出现在每一个洞孔中，一秒钟之后，20来个或更多的其他歌手迅速跑了出来，加入这场春天的大合唱。每个歌手都信心满满，想证明自己唱出了山冈上所有歌手中声音最高、最清晰的音符。最后才开始歌唱的那些歌手当中，有一只半大的花栗鼠，在前一年秋天，由于新生的兄弟姐妹增多，它被挤出了家族地洞，独自谋生。尽管如此，对它来说，幸运的是，它获得了旁边的一个地洞。那个地洞原来的主人是一只喜欢打探的花栗鼠，而正是由于它这种喜欢打探的性情，给它带来了灾祸——当它去调查一只路过的红狐的习性时，结果就可想而知了。它的地洞自然就空了出来，被年轻的花栗鼠立即占为己有。

即便是这个新房客感到了春天的震颤，它走出来的时候也很腼腆、羞怯。然而，一旦来到地面上，它就不得不歌唱了。听到自己最初发出的音符，它感觉有些异样，因为它的嗓音与所有其他同伴的嗓音都不同——它们都"查克——啊——查克——啊——查克"地歌唱，而它自己却"奇皮——奇皮——奇皮"地歌唱。对于它那欣喜的耳朵，自己发出的这种更高的音符远远优于同伴的音符，它半闭着眼睛，心醉神迷地发出长声尖叫而离开。快乐的 10 分钟过去了，一个处于外围的歌手突然看见了一只正在山坡上捕猎的白尾鹞（marsh-hawk），便发出一声报警的尖叫，同时迅速钻进了地洞。就这样，这场合唱会被打断了，每个歌手都迅速潜入地下，这一年一度的春天之歌就此结束。此后，花栗鼠聚居地的成员又恢复了平常那种习惯性的谨慎性格。

奇皮流离失所,差点儿被纹腹鹰抓走

起初,这只叫奇皮的花栗鼠很少走出自己的新家去冒险。在深深的草皮之下,它拥有粮仓,里面盛满了原来的主人贮存下来的榛子(hazel-nut)、樱桃核、野荞麦(wild buckwheat)、毛茛(buttercup)籽、枫树翅果和花栗鼠喜欢的其他小吃,而且全都经过仔细的清洗、晾干,才贮存在那里。在春天最初的那几周,它主要靠这些食物为生。但没过多久,不幸的事情发生了。有一天,它飞跃着进入自己家门的时候,不料发现另一只健壮结实、坚定有力的陌生花栗鼠挡住了去路。原来,这个奔忙、强壮的单身汉来自另一个花栗鼠聚居地,它从石墙——所有花栗鼠行经的宽阔公路上窥探到这个地洞,便起了觊觎之心,于是决定凭借征服的力量来将其据为己有。

面对身强力壮的对手,奇皮自然奋起反抗,为家园而战,起初它不顾一切地战斗,然后又绝望地搏斗,但都徒劳。对手占尽了体重、经验和位置的优势,因此奇皮渐落下风,慢慢被逼出了地洞,退到了地面开阔的世界中。尽管它愤怒地尖叫、啁啾,全身光滑的皮毛蓬松,来到了阳光下,却又无可奈何。一旦来到开阔地,尽管它没有看见什么、听见什么、嗅见什么敌对之物,然而,它也顺从了每只花栗鼠脑海中时刻长鸣的警钟,因此不顾一切地冲向石墙去寻找躲避之处。它这样做很正确。因为它像一道迅疾的黄褐色条纹越过宽阔的草皮地带时,身后就响起了一阵翅膀拍击的旋转声,一个灰褐色的身躯从背后迅速扑过来,停落在那有着黑色条纹狭窄的尾巴上,不断忽闪,而奇皮接近避难所之际,那个死神的阴影就已笼罩到了它的身上。奇皮发出一声惊恐的尖叫,它震颤的小身板竭尽全力,聚集起每一个跳动的力量原子,形成最后一跃。就在它一头钻进两块大石头之间的那道裂缝时,一对利爪猛然抓攫住它那条刚刚钻进裂缝中的尾巴上的长毛,却一无所获——一只纹腹鹰(sharp-shinned hawk)用翅膀向后一扫,翻了一个筋斗,让自己避开了撞上石墙的危险。片刻间,那只鹰在空中振动,微微张开它那残忍而弯曲的嘴喙,用那双无所畏惧的金色眼睛仔细搜寻石墙,好一阵儿之后才悻悻地飞走。

过了一会儿,一只尖鼻子就从石墙中小心翼翼地伸了出来,试探着嗅闻空气。奇皮满足于警报解除,急匆匆地爬到了石墙顶上,在那里它能看到四面八方,而且有一道宽阔的裂缝就近可用,因为对希望安全地度过自己所有日子的花栗鼠来说,它的位置绝不能距离地洞太远,最好在两跳就能到达的地方。此时,它端坐在石头上,从藏在自己面颊的囊袋中吐出一颗硕大的山胡桃(hickory)坚果享用起来。在它跟那个侵占者搏斗和逃脱鹰爪的整个过程中,它都把那颗山胡桃一直藏在囊袋里面,不曾丢失。它把果实牢牢地握在两只有3根指头和双重拇指的前爪中,一点儿一点儿地啃了起来,在果实两端轮番啃出一个洞孔,穿过这两个洞孔,它取出并吃完了里面最后一点儿丰富的褐色果仁。进食的时候,它以自己端坐的那块石头为中心,它那双锐利的黑眼睛一秒都不曾停止扫描四周；它那敏锐的耳朵无时无刻不竖起，捕捉最轻微的响动；它那灵敏的嗅觉也全力开动，探测最微弱的气味——气味会预示以任何形态出现、逼近花栗鼠的死神。

吃完果仁之后，奇皮立刻将思维转向生活中下一件最重要的大事。写在它脑海中的必需品清单上，在条目"食物"下面，"家"正以大写字母盯着它。石墙本来是很好的寄宿处，但作为家却很糟糕，因为它有太多的门，容易招来各种危险的不速之客。因此，奇皮沿着墙顶蹦蹦跳跳地前行，尾巴就像一大片羽毛那样竖起，奔跑之际不断用眼睛扫视山腰，寻找良好的建筑之地。终于，它来到一道干燥的土堤，那上面覆盖着卷发般扭曲的坚韧草丛，这道土堤从石墙处倾斜下来，在一片香蕨木丛中结束。于是，它鼓起身子飞跃下去，落到了那道土堤的中心，再跳跃了一下，就安全地置身于香蕨木深处了。

从那里，这只花栗鼠开始动手挖掘新家。它的行动很隐蔽，因为在那个入口附近，始终找不到一丁点儿松弛的泥土，这是因为它是从另一端开始挖掘的。奇皮就像一台小小的挖掘机那样工作，几天之内就挖掘出了一系列相互交叉的隧道，其中那条主要的隧道结束于石墙底部的两块石头之间。在一根腐烂的树桩根须间，它构筑了一个用树叶和草铺就的巢穴。从这个卧室，一条扭动的通道通往位于树桩另一边的圆形粮仓。在一个大约3米的圆圈之内，它至少开凿了3个紧急出入口；在卧室和粮仓旁边，它挖掘了一个厨房垃圾堆，所有的废物和垃圾都可以存放在那里，并用泥土掩盖起来——所有受到恰当教育而长大的花栗鼠都很爱清洁，会很好地秉承这种良好的生活习惯。通过位于那些遮掩的香蕨木间的第一个洞孔，它最终把每一点儿泥土都搬运出来，接着它从外面将洞口密封起来，用树叶遮盖住那些填塞的泥土。然后，它让自己放假一天，爬上墙顶，栖息在那仅仅一跃即可抵达新家的主要入口处，把小小的鼻子指向天空，以每分钟130次啁啾的速率告诉世界，它的家有多么奇妙！此后，它开始无休止地搜寻食物。在山坡远远的一边，它发现了一丛密集的榛子，而聚居地的其余成员却将其忽视了，因而成了它贮存食物的主要来源。从那里，它一次次搬运着食物，回到地洞，双颊鼓起，看上去似乎患上了严重的腮腺炎。但其实，这只是因为它的嘴里衔着众多的坚果，一般来说，奇皮每次能用囊袋搬运的食物，约为12枚榛子或者4枚橡实。

奇皮被杀手大鼬困在树上

等到夏天的高潮开始时，奇皮就到达了它青春期的巅峰。比起聚居地的任何年轻成员来，它的体形更大，身体更强壮，速度也更迅疾，而且很快就充满智慧，可以媲美社区里那些足智多谋的长老了。然而不久之后，一个嗜血而喜欢屠杀的魔鬼突然漫游而来，破坏了这些林中小动物的生活。那是一个阳光明媚的下午，山腰上的花栗鼠在嬉戏、飨宴、聚藏食物、纵声歌唱，一只浅红色的动物闪现在它们中间,这个家伙拖着一条长长的黑尖尾巴,有着白色的面颊和下巴,还有凶猛的尖脑袋。它犹如一只追踪的猎犬到处嗅闻,从山上迅速冲到下面这个小小的聚居地上。

这就是长尾鼬(long-tailed weasel)或者大鼬(great weasel),这种鼬鼠的运动如此迅疾,即便是最迅疾的眼睛也难以追踪它的行迹。这天,有4只花栗鼠由于远离地洞而来不及逃走,被它迅速捉住、猎杀,犹如蜡烛被吹灭一样丢掉性命。随后,山腰上到处都响起高声报警的尖叫声,每一只能听见警报的花栗鼠都钻到地下,安全地躲藏起来,大鼬的体形比花栗鼠要大一码,因此无法钻进花栗鼠的地洞。尽管如此,那只鼬鼠并没有善罢甘休,到处蜿蜒而行,看上去犹如某种凶猛的蛇,眼睛火红,白色的面颊上沾着斑斑殷红的血迹,那扁平的三角形脑袋在一条长长的脖子上摇来晃去,仿佛突然来临的死神的具体化身。

在所有花栗鼠中,只有迅疾而聪明的奇皮离家最远,遭遇了那个被缓慢而愚蠢的同伴赶上了的死神。当时,它平生第一次爬到了一棵榆树的最高点,置身于树端四散开来的细枝中间,大肆享用榆树籽,听到第一声警报,它赶紧从树上爬下来。然而,就在它几乎快要到达地面的时候,那个杀手血腥的脸从树干后面露了出来。进行捕猎的鼬鼠外貌很特别,会露出残忍而又充满怨恨的表情,因此会恐吓到最勇敢的小动物:成年的灰家鼠(gray rat),平常是冷酷而愤世嫉俗的斗士,其勇气难以言说,但在鼬鼠面前也会惊恐地尖叫着逃走;兔子看见这个血腥的死神在追踪,竟然会忘记自己一贯迅疾冲刺的速度,吓得瘫软在地,瑟瑟发抖。

奇皮第一次面对自己部落的魔鬼时,咒语中可怕的东西也降临到了它身上,让它惊恐不已。然而,它很快就冷静下来,让头脑保持足够的清醒,意识到自己唯一逃脱的希望就在于高处。于是,它立即顺着那巨大的树干迅速退回去。对它来说,不幸的是,鼬鼠可谓多才多艺,可以随心所欲地在地面上奔跑、钻洞、爬树。因此,奇皮几乎还没有抵达最高的那根树枝,就感觉到树枝在追逐者迅速冲刺的运动之下摇晃。它不断拼命地往上爬,直到把身子依附在榆树塔尖顶端那根摇晃的细枝上,那里距离地面大约23米。

一会儿,那只追逐的鼬鼠血淋淋的口鼻便顺着奇皮留下的踪迹一路嗅闻而来。那只鼬鼠跟它所有的同类一样,凭借嗅觉进行捕猎,此时,它蜿蜒着爬到细枝处,距离浑身颤抖的奇皮越来越近。但就在距离猎物大约30厘米之处,鼬鼠停了下来,伸出长长的脖子,似乎第一次看见了在上面抖缩的那只小动物。从它那充满厌恶的眼睛深处,露出了一丝绿色的凶光。

鼬鼠在摇晃的细枝上移动身子,准备好实施闪电般的扑击,从而结束这场追逐,就在此时,只听得那只被困花栗鼠发出一声小小的哀号,松开紧握树枝的爪子,像一块石头坠落了下去,一路穿过那伸展在它和远远的地面之间的绿色枝叶屏障。而正当它穿过空间坠落之际,它那小小的大脑却很机警,绝不放弃每一个求生的机会。当它跌落到一根又一根细枝上,它不断伸出前爪,试图抓住那些枝条,却无法紧紧地抓牢。终于,在下面15米之处,它设法用两只小小的前臂勾住一根粗若拇指的细枝，与此同时，另一根交叉的细枝也把它挡了一下，阻止它继续下滑，让它钟摆一样挂在上面来回摇晃，最后，它又设法吃力地爬到这根外部枝条的一个分叉处，蹲伏在那里直喘粗气。

　　片刻之后，沿着树干响起了一阵擦刮的声音，原来那只鼬鼠也下来了，不过它不是像松鼠那样径直爬下来，而是以长长的螺旋形盘绕着树干而下。花栗鼠栖息的那根树枝从主干上伸出枝来，几乎垂直地向下生长。那只鼬鼠爬下来，它那宽大的三角形脑袋迂回穿行，它那长长的脖子稍稍呈环形移动。当它到达那只花栗鼠所在的枝条时，停了下来，沿着粗枝慢慢匍匐。然而，尽管它是技巧娴熟的攀爬者，但此次爬行对于它也实在是太难了：枝条垂直下降，树皮很光滑，种种困难让它寸步难行了。尽管它尝试了三次，但每次都滑倒，因此对它来说，只要再迈出一步，就会失手摔下，坠落到地面上。

　　这段时间，那只花栗鼠一直完全暴露在对方炯炯的目光之下，它的敌人充血的眼睛完全俯视着它。鼬鼠一次又一次嗅闻着空气，不断回到粗枝处，显然确信自己想要捕捉的猎物就在那里。

　　然而，那只花栗鼠自始至终都紧紧地依附在枝条上，默不作声，一动不动。当它看到追踪而来的死神，它那丝绸般的白色胸脯微微悸动，显现出它"怦怦"跳个不停的心脏。守候了一阵儿之后，那只鼬鼠似乎终于放弃了这场捕猎，极不情愿地蜿蜒着爬下主干，消失在那棵树后面。

逃亡中，奇皮偶然让死神和死神相遇

整整半个小时，那只花栗鼠都紧紧依附在避难所，始终没敢动一下。最后，当那个追逐者似乎永远消失了的时候，它才敢稍稍动弹，小心翼翼地顺着枝条爬上去，又谨慎地爬下树干，四处观望，才跃到较远处的草皮上。然而，就在它落到地面之际，从一二十米开外的一片密丛深处传来了一阵"沙沙"声，紧接着那只鼬鼠便冲了出来。原来，鼬鼠家族成员都具有可怕的耐心，它一直潜伏在那里，截断了花栗鼠与散落在聚居地上的地洞之间的距离。

尽管处于惊悸之中，奇皮也清楚地知道，此时越过山顶才是唯一可能的逃路。那里覆盖着一片深深的树林，树木密集地生长在一片岩架上面，而那片岩架一路向上延伸到顶峰。在那片岩架上面，还隐藏着某种黝黑得犹如阴影的神秘事物。以前，聚居地里的一些花栗鼠越过那个幽暗的顶峰，但常常都是有去无回。于是，这个逃亡者本能地避开了那片树林，环绕着山丘而奔跑，希望在更远的一边找到某个庇护所，好让自己藏身。

那只鼬鼠见状，径直追了上去。很久以前，鼬鼠家族成员就认识到了直线是两个点之间最短的距离。因此今天当花栗鼠绕开树林覆盖的山顶而奔逃时，它便遵循圆圈的直径原则，径直前行，企图截断猎物的去路。它犹如一道闪电，低垂脑袋，扬起尾巴，在岩石和布满山顶的密林间蜿蜒穿行。在一块突出于岩架上的尖尖的岩石那边，当它那三角形的脑袋伸出来，它那灵敏的嗅觉就捕捉到了一丝险恶的、令其作呕的气味,它立即停下原来的大踏步追击——但为时已晚:它那火焰般燃烧的眼睛径直盯着另一双黑色的眼睛,那双眼睛没有眼睑,奇怪的椭圆形瞳孔,深陷在一颗残忍的心形脑袋上面,而在那颗脑袋上,眼睛和鼻孔之间露出了一个古怪的洞孔,那就是致命的蝮蛇(pit-viper)家族成员典型的特征。那只凶猛的野兽和那条残忍的毒蛇对视了一秒。在因为屠杀而激发起炽热的愤怒之际,鼬鼠家族的眼睛闪射出凶猛和不可抗拒的凝视,其他哺乳动物的眼神与之相比,只能甘拜下风。但是,没有哪种野兽的眼神能镇住黑暗的森林中残忍的统治者——粗鳞响尾蛇(timber rattlesnake),因此仅仅一会儿,那只鼬鼠便开始后退、躲避。尽管它闪电一般迅速,但也无法抵御那蛇的攻击,只见那条蛇大张着可怕的嘴巴,迅速向前射来,快得让任何肉眼都无法追踪,与此同时,那两颗可以移动的毒牙矛尖一般径直伸出来,看起来就像是白色的弯针,牙齿尖端上有一个洞孔,黄色的毒液就从其中渗出来。那只冲刺的鼬鼠还没来得及躲到岩石后面,响尾蛇的两颗毒牙便刺穿了它的身侧,而在一瞬间,那条大蛇又缩回去盘绕成一团。随着致命的毒素触及鼬鼠浪潮汹涌的血液,鼬鼠开始蹒跚、摇晃,它知道自己的生命即将结束,便拼死跃上前去,试图死死地咬住敌人。正当它扑过去的时候,那条大蛇再次出击,然而就在那条蛇猛然缩回去盘绕成一团时,鼬鼠那针一般的牙齿已然咬进了它的脑髓,那条巨大的爬行动物不断翻来覆去地扭动、拍打,还发出"嘎嘎"的声响,而那个炽热的杀手却死死咬着不放,直到两个斗士都渐渐归于寂静，僵硬了很久之后，那只鼬鼠都没有松口。

在树林的黑色圈子那边，那只花栗鼠远离了致命的岩架，正穿过阳光拼命奔逃，而每一刻，它都认为自己听到了那凶猛的追逐者紧随而来的"啪嗒啪嗒"的脚步声。它渐渐绕着圈子奔跑，直到最后，它几乎无法相信自己已经逃脱了追逐，回到了地洞深处。

奇皮英雄救美，奋勇咬死大黑蛇

当春天渐渐延展到夏天，奇皮的地洞附近又出现了另一个地洞，奇皮发现自己对那个地洞产生了不可思议的兴趣。而产生兴趣的，还有聚居地上的五六只年轻、快乐的雄性花栗鼠，它们翘起尾巴，皮毛光滑、整齐、干净，频频试图拜访邻近那个地洞的主人。但那个地洞的主人——一只年轻的雌性花栗鼠对它们的来访并不领情，均报以相同的方式：每只经过它前门的雄性花栗鼠，都会遭到它连续的咬啮和抓挠，能全身而退已经算是幸事了。

随着时间的流逝，每掌握一种新的经验，每经历一次新的脱险，奇皮体形都长得更大，更聪明，更强壮，此时，它赢得了与聚居地那些最勇敢和最好的花栗鼠并驾齐驱的地位。不久，在一个明媚的夏日午后，它双颊的囊袋里塞满了食物，准备运往粮仓。暑热降临，以微微闪烁的波浪形态越过山冈而滚动。奇皮接近自己那位于石墙旁边的前门时，猛然看见一个死神进入了那个小小的邻居的地洞：

一条身长超过1.8米的巨形黑蛇（blacksnake）浑身黝黑，蜿蜒前行，样子十分可怕，它从位于山丘另一边的巢穴爬出来，找到了前往花栗鼠聚居地的道路。阳光下，它那光滑的鳞片露出一派纯黑，它从山腰的枯叶和草丛上游过来时，还发出那种清脆的"嘶嘶"声。除了那种声音，万籁俱寂。途中，那条大蛇还不时会停下来，从地面上把脑袋抬到60厘米的高处，前后摇晃，用它那没有眼睑的眼睛到处盯视，同时，它下颚上的那块白斑在阳光下闪烁，那长长的、分叉的黑色信子吐进吐出，犹如一片火苗在嘴尖上忽闪。

突然，那条蛇猛地射进了那只名叫妮皮的花栗鼠的地洞，其身子的三分之一都钻了进去，快要渐渐看不见了。此时，奇皮突然鼓起那种瞬间的、无法估量的勇气，那种勇气十分强大，足以让人或野兽在同类中名列前茅。也许，它所做的事情只是将自己从未来的危险中拯救出来，人类的心中有时会闪烁一种火花，甘愿为别人而冒生命危险，因此，谁又能说此时奇皮的心中不是在闪烁着同样神圣的火花呢？当它看见那致命的脑袋消失在地洞下面，它便把它搜集的坚果从面颊囊袋里吐到半空中，同时闪电般地跃到那个正在消失的躯体上，大张着双颚，紧紧地咬住了那条蛇光滑的皮肤上隆起的柔软、灵活的脊椎。黑蛇的背部有一大块坚韧的肌肉，而其脊椎具有钢制弹簧一般的力量，然而，这只花栗鼠的双颚肌肉驱动那针尖般的牙齿有力地咬了下去，深深地咬进了那条蛇扭动的、部分重叠的纤维组织。

紧接着，蛇身那黑色的圆柱体犹如一根铁条僵硬起来，而那只花栗鼠伸出爪子，支撑在洞孔的两侧，不顾一切地猛咬下去，锋利的牙齿发出刺耳的摩擦声，咬进了那弯曲的脊椎，并将其牢牢锁住。此时，那条蛇巨大的躯体猛然向前拖动，将奇皮拖进了地洞。一旦深入地下，花栗鼠就面临着危险，因为那条大蛇很可能找到足够的空间转过身来，用倾斜的利齿致命地压制它。奇皮一直死死地咬着，丝毫没有放松片刻，同时竭尽全力往回拖拉，从而让牙齿在那条扭动的脊椎中越陷越深。最终，透过那汩汩流出的冷血，它感觉到那条脊骨的纤维组织在慢慢放松，随着最后一次撕扯性的拖动，它完全咬穿了那条蛇的脊髓。

这个时候，奇皮已经深入了地下，只有那条蛇的尾巴还在地面上徒劳地不断拍打、翻滚、扭动。突然，就在奇皮依然咬着和拖拉的时候，那条尾巴的拍打渐渐减弱了，通过自己死死咬住蛇身的牙齿，它能感觉到有什么东西在拖拉和咬啮那条尾巴。那条蛇的挣扎渐渐微弱下去，奇皮不再感觉到自己被蛇向前拖拽的运动了。当蛇的猛烈挣扎终于渐渐沉寂下来，变成那种会持续几个小时的痉挛性扭动和颤栗，这只战斗的花栗鼠才松开双颚，从地洞中退出来。尽管浑身鲜血淋淋，到处被擦伤，筋疲力尽，它发现自己再次安全地来到了阳光下。

妮皮就站在它的面前，犹如一只小猎犬用利齿折磨着那条蠕动的蛇尾。原来，妮皮在深深的地下听到了挣扎的声音，便警觉起来，匆匆奔向上面的入口。距离入口还有好长一段距离，它那敏锐的听觉便捕捉到了危险的声音，那是大蛇被奇皮的牙齿刺穿身体时发出的第一阵痛苦的"嘶嘶"声，尽管这是妮皮独自闯荡世界的第一年，但它也知道那种声音意味着死亡。于是，它闪电般地转身，溜进一条旁侧通道，通过一个隐藏在越橘丛中的紧急出口逃到地面上。在自家门前，它发现了那条已然残废的蛇的尾巴还在不断地来回拍打，便猛扑上去，咬穿那条蛇两个最薄弱的点，无形中帮助了那被拖到地洞中的盟友。当奇皮出现的时候，它才松了口，而那个痛苦扭动的躯体也渐渐消失在阳光的照射下。接着，当奇皮躺下来直喘粗气的时候，这个地洞小小的主人开始扒动泥土，密封自己这个倒霉的家的入口，从而表明这里再也不属于自己了。它把前门封闭好，便慢慢朝着山顶走去，其间还回头观望奇皮。

当时，奇皮是有时间跟随妮皮而去的，然而它却僵硬而蹒跚着走向了自己的地洞。休息了两天之后，它出来时，就再也没有看见美丽而倏忽即逝的妮皮的踪影了。整整两周，它都在寻找妮皮，在树林中和牧草地，甚至前往那个环绕这座小山更远一边的小湖岸边，它不断寻找，却一无所获。

小鼬大开杀戒，奇皮与之周旋

随后发生的一件大事，让山腰上所有花栗鼠居民都无比恐惧，以至于它们的脑子里只剩下生与死的念头，因为那始终悬在这些小动物头上的命运，终于落到了它们身上。在那个命中注定的日子，在黎明前那个灰白的时辰，一只动物不期而至，来到花栗鼠聚居地。

那个家伙看起来就像是一只褐色的松鼠，而且有着白色的喉咙和爪子，还有一条短短的尾巴，然而松鼠始终没有如此血红的眼睛，也没有如此像蛇一样的脑袋和如此柔软、弯曲的身子。这个来访者当然不是松鼠，而是致命的短尾鼬（short-tailed weasel）或小鼬（lesser weasel），对花栗鼠这样的小动物来说，这个家伙远比它的大哥——长尾鼬或大鼬要危险得多，因为它的体形小得足以钻进花栗鼠的地洞，在地下进行捕猎。

这天，那只小鼬偷偷溜进了它所发现的第一个地洞。而那个地洞碰巧是奇皮以前的老家——几个月之前，那只陌生的花栗鼠把奇皮赶了出来，并将地洞据为己有。这天早晨，那只花栗鼠刚刚在它那间圆形卧室中醒来，就听见那只鼬鼠沿着长长的入口隧道爬下来的脚步声，那"啪嗒啪嗒"的声音让那只花栗鼠顿时警觉起来，于是它就从很多个出口之一冲了出去，但不幸的是，它刚来到地面，那只鼬鼠就接踵而至，走投无路之际，它干脆转身与敌人进行生死搏斗。由于体形跟那只鼬鼠几乎一样大，因此这场战斗看起来似乎很公平，然而在双方对峙之中，那只花栗鼠却从来没有获胜的机会。两个斗士面对面僵持了片刻，那只花栗鼠便低低地蹲伏身子，而那只鼬鼠则高昂着摇晃的脑袋。紧接着，花栗鼠便不顾一切地猛扑上去，希望用自己平常咬啮的那两颗大利齿死死咬住对方。而鼬鼠摆动柔韧的身体绕出一道曲线，便躲过了花栗鼠的进攻，它几乎采用了同样的动作，便给予了对手致命的还击，而这样的动作是其他动物都尚未学会避开的：只见那三角形的口鼻猛地一咬，那个杀手便用3颗战斗的长牙残忍地咬住了花栗鼠，而且一下子就准确地咬穿了花栗鼠颅骨上最薄弱之处，深深地咬进了对手的脑髓，致使花栗鼠一命呜呼。

杀戮这只大花栗鼠后，那只鼬鼠并没有就此罢手，它仅仅停下来舔了舔受害者温暖的血，便闪电般钻进了下一个地洞。那个地洞中，一位花栗鼠母亲正和5个宝宝睡在一起，蜷缩成一个温暖的圆球。对于这几只花栗鼠，死亡来得如此迅速，没有什么痛苦，这让它们感到幸运。接着，这个黑暗中的死神匆匆钻进一个又一个地洞，一路大开杀戒。它所碰到的每一只花栗鼠都没能逃脱死亡的命运，其中一些奋起搏斗，另一些则仓皇逃逸，但无论是勇气还是迅疾程度都不如对方。最后，当这个褐色的杀手接近奇皮居住的地洞，它身后已经留下了一长串牺牲品，有20来个——要么已经死去，要么奄奄一息。然而这个杀手一如既往，孜孜不倦而可怕地大肆猎杀。每当它用鲜血来解渴，满足它那吸血鬼一般的渴感，它似乎获得了新的力量和速度，不断驱使它进行杀戮。

太阳在普林德尔山上露出头来，奇皮动身走出自家的前门。它将脑袋伸进开阔地，听到附近一个地洞中传来微弱的尖叫，那只鼬鼠血迹斑斑的口鼻在清晨的阳光下露出来。它迅速缩回去，它的脑子瞬间不断转动，迅速想到了剩下的一条逃生之路。那只鼬鼠的奔跑速度极快，可以超越它，而且鼬鼠的嗅觉非常厉害，能准确无误地解开任何错综复杂的隧道迷宫。生活在地下的动物都有着最后一种智谋，那是千百万年来遭到捕猎至死的经验教会它们的。为了充分利用好这种防御手段，被追逐者必须从本质上跟捕猎者重新开始周旋，而今天奇皮只有区区几秒钟的时间，因为就在它钻进自家前门入口的那一瞬，那只鼬鼠已经瞥见了它的尾巴，并立即直奔它的地洞。

每当那只鼬鼠用短腿"啪嗒啪嗒"地跳动，它都要高高地拱起后背，看起来就像是一只巨大的尺蠖（inch-worm）在朝着猎物测量道路，向前推进。然而，尽管它的步态显得有些笨拙，但几乎还没到一瞬，它那血淋淋的口鼻和炽热地闪烁的红眼睛就插进了奇皮消失的那个地洞。尽管如此，即便是在几秒钟之内，一触即发的大脑、对死亡的恐惧紧张压迫的神经和肌肉，也能做很多事情：奇皮就像一道闪电，穿越自己地洞的主要通道，迅速冲进那向右分叉的隧洞，然后又钻进一条更小的分支隧道，那条隧道从较大的通道急剧直转。然后，奇皮突然折身返回，一下子跳进了另一条通道，那条通道漫长而倾斜，通往上面，距离山腰的表面不到10厘米。

一旦出了这最后一条隧道的入口，奇皮便为逃生而拼命挖掘起来。只见它的两只前爪闪电般来回扒动，把通道两侧柔软的泥土都扒下来，再用后腿迅速扫回去，牢牢地填塞入口。正当那只鼬鼠沿着主要通道蜿蜒而行之际，奇皮已经封住了自己进入的最后一条通道的门，它封堵得如此小心翼翼，以至于堵塞的入口和其余的通道墙壁显得并无二致，根本无法辨别出来。紧接着，它就迅速而沉默地奔向地面。

然而，即便是它在穿过坚韧的草根向上挖掘的时候，那凶猛的追逐者也闪电般地进入了通往那个被封堵的门的通道。那只鼬鼠将鼻子贴近地面，一路全速追踪花栗鼠留下的气味踪迹，尽管分支隧道和交叉的通道为数众多，但丝毫没有减缓它的速度。它来到花栗鼠密封起来的那个门前，停了下来，因为即便它的嗅觉很灵敏，也无法穿过 10 厘米厚的新鲜泥土而追踪到猎物的气味。

不过，就在它停下来的时候，它那传声器一般的耳朵就捕捉到了远在上面遥远的挖掘声。于是，它在搜索密封的隧道的过程中没有浪费一点儿时间，便立即转身，迅速返回了入口——正当奇皮来到那远在山腰上的地面，鼬鼠已经从主要入口冲了出来，一路越过开阔地进行追击。

奇皮九死一生，与妮皮意外重逢

如果那只鼬鼠的速度没有因为屠杀而慢下来，那么追逐就不会很短。事实上，那只花栗鼠就在前面一二十米之处越过了山顶，但是，当那个追逐者加快步伐，犹如一卷被释放出去的弹簧向前弹射，它们之间的距离就大大缩短了。看来这一次，这只花栗鼠凶多吉少，它最后的逃生机会似乎也消失了。在地面上，它会被对手轻而易举地超越，而重新钻到地下则意味着必死无疑。此前的那次侥幸逃生，是因为有奇迹的出现，才把它从另一只鼬鼠的魔爪中拯救了出来，但造物主很少会赋予它两次奇迹。尽管如此，这只小动物一点儿都没沮丧，更不曾显示出丝毫懦弱。面临死亡时，一只兔子往往会放弃奔逃并瘫软在地,可怜地哀鸣,直到鼬鼠的牙齿咬进它的喉咙;一只老鼠会不知所措,在奔跑之中突然停下来,在死亡的恐惧中口吐白沫,厉声尖叫。

然而,在奇皮那温和、活泼的外表下,还隐藏着一个冷静的大脑,在它那白色的背心下面,始终悸动着一颗更为勇敢的心。尽管它似乎在全速奔跑,但实际上它也给自己留了一手,它那闪电般运转的思维迅速攫住了剩下的一个逃生机会:既然泥土和空气都出卖了它的踪迹,那么也许水会对它更善良。于是,它径直朝着那个小小的湖泊跑去。渐渐地,它与那紧随其后的杀手之间的距离不断缩小。等到它抵达一棵黑柳(black willow)的根须时,那只鼬鼠蛇形的脑袋距离奇皮那依然扬起的蓬松的尾巴——它那面不曾降下的勇气的旗帜,已经不到1.8米了。奇皮在那远远地伸展在水面的树干上迅速向外奔去,抵达最远处的那个分叉,聚集起所有的力量,用四足猛蹬,接着便一跃而起,仿佛受到了一根被释放的弹簧猛然的驱动,落到了外面远远的静水之中。

它落水的声音几乎还没有消失,那个褐色的追逐者就采取了二连跳的方式,跃进了空中——它从短短的前腿上起跳,而蹲下的后腿则给予其巨大的驱动力。虽然它的起飞方式有些笨拙,但那猛烈的投掷力量则显示出鼬鼠所能干的一切,驱动它几乎径直地落到了花栗鼠后面仅30厘米处。接下来是一场铤而走险、孤注一掷的游泳竞赛。鼬鼠采用急拉、参差不齐、快速的划动,迅速穿过水而游动,一步步缩减了花栗鼠的领先地位,直到它的牙齿差那么一点儿就咬到花栗鼠的肩头后面了。尽管如此，鼬鼠还是在那里停顿了一下。而花栗鼠在更深处游动，划动得更慢但更有力，它根本不会掉头回顾而中断划水，仅仅是那些循环泛起的涟漪警告它，它的追逐者正在一步步逼近，它才投入更多的力量，深深地、有规律地拍动它那强劲的小腿。

慢慢地，慢慢地，更科学的划动开始产生了效果。起初，那只鼬鼠仅仅是停止了加速，接着，两者之间的距离逐渐开始拉大。当距离延长到3米的时候，那只花栗鼠似乎浑身是劲儿，自顾向前射去，而它的追逐者的划动则变得更慢，仿佛抛锚了，最终停了下来——无论有多么凶猛，血与肉都有局限性。接着，那只鼬鼠最后一搏，孤注一掷地拼命冲刺，但它失败了，它体内储备的力量全都消失了，它只得转过身去，直喘粗气，缓慢地游回岸边，永远让奇皮从自己的眼皮子底下逃生而去。

那只花栗鼠不敢有丝毫松懈，却继续强劲而稳定地向前游动，一路抵达800米之遥的对岸。奇皮疲倦地拖着身子爬上岸，蹒跚地走向干燥的山腰。此时，附近没有石墙，它甚至再也没有力气开始去挖掘地洞。置身于旷野，没有保护，它必须抓住机会冒险一试，直到恢复体力。然后，完全是因为造物主垂怜，造物主为自己可爱的小动物创造了另一个奇迹：山腰上，生长着一丛绒毛绣线菊（steeple-bush），从隐藏在那些粉红色花朵旁边的一个洞孔中，一颗小脑袋猛地冒了出来，那竟然是妮皮。在一个黄金时刻，奇皮久久地凝视着妮皮的眼睛，而妮皮也朝着奇皮凝视了一眼，便转身回到自己的地洞,妮皮的凝视显然吸引着奇皮,使得奇皮摇摇晃晃地跟了进去。在彼此生命的高潮中,它们相遇了,成为另一个花栗鼠聚居地的始祖,互相传递勇气、忍耐和爱情神圣而明亮的火花。

第 6 章 野鸭归来记

The Path of the Air

一只雌野鸭在野外被狐狸叼走，留下一窝待孵化的鸭蛋，玛丽亚大妈将鸭蛋带回山顶上的农场，让一只老母鸡代为孵化出了6只小鸭。小鸭出生后，玛丽亚大妈悉心照料，小鸭们从此热爱上了她，甚至寸步不离地跟着她，还跟她玩一些秘密的小游戏、捉迷藏。深秋，一只雄野鸭在南迁途中，偶然歇落到山脚下的沼泽地觅食，却不幸落入陷阱，被带到农场剪掉了羽毛，从此被困在了大地上，成了6只小鸭的首领。它们在一起度过了冬天。春天来临之际，雄鸭的羽毛重新长出来，在大自然的召唤下，它和另一只小野鸭腾空而起，飞向北方。当严寒降临，飘雪覆盖山顶，在一个风雪夜，那两只野鸭竟然带着一家子，意外地重返农场……

一只老母鸡孵化出 6 只小野鸭

在康沃尔，吉米·华兹华斯助祭（Deacon Jimmy Wadsworth）也许是最为正直的人了。曾几何时，他在一个凛冽的冬夜驱车 8 公里，只是为了唤醒在康沃尔桥（Cornwall Bridge）开商店的塞拉斯·史密斯（Silas Smith），把对方多找的 3 美分零钱退还给他。当塞拉斯回到床上躺下的时候，他喃喃说出的那些话语很温暖，几乎足以让冰雪融化。

这位助祭跟他的妻子玛丽亚大妈（Aunt Maria）、雇工赫恩·鲁特（Hen Root）和鲁特养的那只狗尼普·鲁特（Nip Root）还有那些鸭子生活在一起，住在康沃尔 27 座已经命名的山丘之一——科伯尔山的绝顶上。这位助祭头上的白发有些凌乱，宁静的脸庞轮廓分明，即便是在劳动的时候，他也始终穿着一件胸襟僵硬、没有衣领的干净的白衬衣。

玛丽亚大妈则心地善良，是个高尚的人，她活跃爱笑，一张小脸上的皱纹中常常洋溢着善意，一双闪烁的眼里透露出地平线那种苍茫的蓝色。如果当地有人生病了，或者来了意外的伙伴，或者生了小孩，或者婚丧嫁娶，玛丽亚大妈都要主动前去帮忙。

至于赫恩，相比任何人，他更关心自己养的那只狗。康沃尔开始推行"自由公债"（Liberty Loan）的时候，他不仅给自己买了一份债券，还给他的狗尼普也买了一份，而且把一枚"自由公债"的金属钮挂在那只狗的领圈上。

当然，农场上还散乱地生活着马、牛、鸡和其他动物，那些鸭子是这一家子的一部分。它们的由来是这样的：拉什·豪，那个不事耕种劳动却到处狩猎的人，将一只驯化过的作为诱饵的野鸭送给了助祭，那只野鸭作为诱惑物似乎已经不怎么管用了，尽管如此，它一直在戏弄拉什，因为在来到农场之前的一个月，它就在天上或溪流的某处找到了一个伴侣。后来，它在下面冰封的池塘边偷偷构筑了一个巢穴——那是一个由树叶成的美丽的盆状物，边缘上铺满了它那黑色和浅黄褐色胸脯上掉下的绒毛。在那里，它产下了10枚椭圆形的蛋，并开始孵化这些蛋，但不幸的是，一天晚上，它被一只漫游的狐狸发现并叼走了，它的伴侣也因此回归了荒野，玛丽亚大妈发现那些鸭蛋后，便将其捡回来，放在一只"咯咯"叫唤的婆罗吸摩鸡——一只大母鸡下面，让它代为孵化出了6只柔软的黄色小鸭。

这些小鸭刚一破壳而出，就发出"嘎嘎"的叫声，从仓院中摇摇摆摆地鱼贯而出，排成一线走向池塘。尽管刚刚才孵化出来，但这些小鸭都很清楚自己在队列中的排列位置，从那一天起，这种秩序就从不曾改变过。那只老母鸡见状，便疯狂地"咯咯"叫唤，一次又一次尝试让它们转身回来，而老母鸡每一次阻拦，它们都会四散开来，摇摇摆摆地经过它，重新排成一队前进。当它们终于抵达池塘边，它们的养母就来来往往疾奔，声嘶力竭地尖叫，警告它们不要下水，然而，这些小鸭根本不为之所动，还是上下摆动着翘起的小尾巴，一只接一只跳进水里，整个队列围绕着池塘游动又游动，仿佛根本不会停下来。

对于那只老母鸡，这些小鸭的行为也实在是太过分了。它伫立良久，看着这一窝忘恩负义的小鸭，便转身而去，显然当场就跟它们解除了关系。从那一刻起，它就放弃了自己作为养母的职责，而那些小鸭悲哀地发现，在自己游泳之后，养母就不再跟它们待在一起和"咯咯"呼唤它们，从此再也不认领这些养子了。在那一天剩下的时间中，小鸭们都悲哀地"扑通扑通"地跟在那只老母鸡的身后，却不料一旦靠得太近，便会遭到老母鸡无情的啄击。那只老母鸡既不会给它们喂食，也不会跟它们栖息在一起，夜幕降临的时候，那些小鸭不得不躲在那被放弃的鸡棚里面，乱挤成柔软的一小堆，不断颤栗，"嘎嘎"哀鸣到天亮。

第二天，心地善良的玛丽亚大妈看见了那6只楚楚可怜的小鸭，心疼极了，那些小家伙还在追逐那只冷漠的老母鸡，它们一边试图赶上它，一边还发出"嘎嘎"的小合唱，那声音柔和、悲伤，应该能打动它那冷漠的心，但老母鸡却铁石心肠，丝毫不为之所动。到了这个时候，那些小鸭已经如此虚弱了，要是玛丽亚大妈不赶快把它们带进厨房去喂食，放进一个铺着法兰绒的篮子并遮盖起来，那么它们绝不会活到第二天晚上。

　　此后，那间老厨房就变成了保育院。相比这6只毛茸茸的、柔软的黄色小鸭，6个人类婴儿也几乎没能像它们那样要求更多的注意力，制造过更多的麻烦，或者得到更多的关爱。几天之内，在科伯尔山顶上，这家人的全部家庭生活都以它们为中心了。它们需要那么多护理、宠爱和安慰，以至于在玛丽亚大妈看来，时光退回到了半个世纪之前，她再次照顾她在很久很久以前就失去了的那些婴儿了。即便是老赫恩也对它们念念不忘，因此在他那只娇生惯养的狗尼普冲着新来的小鸭不断嗥叫，流露出要将其消灭的预兆的时候，他也粗暴地用铁链将其拴了起来。从那时起，尼普就加入了那只婆罗吸摩母鸡的阵营，完全忽视小鸭们的存在。如果有人当着它的面流露出对小鸭的关注，它就会庄严地阔步走开，仿佛感到震惊：人类竟然把时间花在6只无用的黄色小鸭身上，而不是花在一只有用的黄狗身上！

小鸭跟玛丽亚大妈玩游戏、捉迷藏

小鸭们来到厨房的最初那几周,始终都得有人时常跟它们待在一起,要不然,那6只小鸭都会声嘶力竭地发出"伊普——伊普——伊普"的叫声。一旦有人来到它们的摇篮旁边,对它们说话,它们就会心满意足地依偎在法兰绒下面,犹如很多小茶壶轻轻歌唱起来,发出昏然欲睡的哼唱,而那种声音与一群野生绿头鸭沉睡在外面水域上时发出的声音一模一样。它们喜欢助祭和赫恩,却很热爱玛丽亚大妈。几天之后,它们就跟随她在房子里面到处转悠了,即便是在外面的农场上,它们也会排成一线,摇摇摆摆地跟随在她后面一路前行,如果她走得太快,它们还会精力充沛地发出"嘎嘎"的鸣叫,仿佛要她放慢脚步,等着它们赶上来。

有一天,玛丽亚大妈试图避开它们偷偷溜出去,前往山脚下去拜访迈纳·罗杰斯(Miner Rogers)太太的妇女缝纫小组,殊不知她还没走出10步,那些小鸭就紧追而来,一路跟随她下山。而当她坐在罗杰斯太太的客厅里面,它们则把嘴喙紧靠在窗户上,观察着她的一举一动。后来,当它们觉得她拜访得够久了,便发出一阵"嘎嘎"的合唱,使得玛丽亚大妈不得不去照看它们。

"要是我不离开,那些烦人的鸭子就会嘎嘎吵个不停,真是吵死人了。"她一脸惭愧地说道。

对小鸭们来说,上山的路是一条很长很长的小径。它们时不时会停下来,发出那些令人同情的小音符,甚至还会仰卧着躺下,把柔软的小脚板径直伸到空中，显示它们的小脚有多么疼痛。这场旅行的后半程，它们是挤在玛丽亚大妈的围裙中回去的，当她缓缓爬上山冈的时候，它们还十分满足地不停歌唱。

随着身体渐渐长大，它们对每个来客都会产生兴趣，如果它们不赞同那个来客，就会发出震耳欲聋的"嘎嘎"鸣叫，直到将对方赶走。有一次，玛丽亚大妈碰巧突然迈步转过房子的角落，而正在此时，一辆满载干草的大车刚好经过，挡住了她的身影，小鸭们发现她不见了，便立即开始一本正经地沿着道路追赶那辆干草大车，显然它们深信她就躲藏在那车干草下面的某个地方。当玛丽亚大妈从房子后面出来，呼唤它们的时候，它们几乎已经走出了视野，但刚一听到她的声音，就迅速转身赶回来，它们转身回来的时候，还竭尽全力拍动翅膀，一路上摇摇摆摆，欢乐地"嘎嘎"鸣叫。

在玛丽亚大妈和这群小鸭之间，维持着各种不同的秘密的小游戏：无论她什么时候坐下来，它们都会拉扯她的鞋子上系得很整齐的鞋带，直到将其拉松才作罢，因此，她会假装很生气，跳起来奔向它们，而它们也会四散开来，开心地"嘎嘎"鸣叫。当她转身回去，它们又会形成一个圆圈围绕着她，把柔软的脖子依偎在她的衣裙上，直到她轻轻地抓挠每只鸭子昂起的脑袋。要是她穿着系扣鞋，它们就会撬开松弛的扣子，试图将其吞下去。而当她在花园里面劳动的时候，它们则会这样打扰她：吞下一些最小的球茎，攫起较大的球茎逃走。在另外一些时候，它们会躲藏在黑暗的角落，突然发出高声而吓人的"嘎嘎"鸣叫朝她冲出来,对此,玛丽亚大妈假装惊恐不已,匆匆逃走,而6只小鸭则紧追不舍。

这一家子的3个人永远都在抱怨这群鸭子。听到它们的声音,其中一个人就会假设他们所有的生活质量都下降了,因为关心一群无用而贪婪的鸭子所带来的麻烦,花销加重了。然而,当赫恩建议感恩节吃烤鸭的时候,助祭吉米和玛丽亚大妈又严肃地指责他的残忍行为,以至于赫恩一脸快活地解释说自己只是在开玩笑。赫恩其实也很善良,有一次,鸭子们生病了,他还整整耗费了冬日一个下午的时间,在那地面尚未封冻的猪圈一角去给它们挖虫子吃;助祭为了购买腌制的牡蛎作为它们的滋补品,也差点儿破产了。

不久之后,鸭子们就蜕去了婴儿衣装,换上了绿头鸭那种斑驳的褐色外衣,它们的两只翅膀上都有一根钢蓝色的覆尾羽,这根羽毛的边缘呈白色。这群鸭子中,领头的那只显然具有黑鸭的血统,非常优秀;而另一方面,那只名叫布莱基的野鸭还具有黑鸭的机警和精明,其他小鸭都不及它聪明。当冬天来临,这一家子便在距离厨房不远处给它们建立了一个栏舍,当最寒冷的天气降临,它们就待在栏舍里,睡在暖和的稻草上面,将脑袋插在自己那柔软的、绒毛衬里的翅膀下面,遮住明亮的圆眼睛。11月的第一场暴风雪从天而降,将栏舍遮盖得看不见了,但是,只要玛丽亚大妈一声召唤,它们就会从覆盖的积雪下面"嘎嘎"地鸣叫,欢乐地回应。

一只被捕的雄鸭来到农场上

后来，一只雄鸭就来到了农场上。那是一只色彩华丽的绿头鸭，脑袋上呈现出翠绿色，脖子上有一个雪白的颈圈，还有一对黑色、白色、灰色和紫罗兰色混合的翅膀，展现着它青春期所有的骄傲和美丽。几天几夜之前，它还属于北方的一部分，远离人类的出没之地，在最远的森林那边，那里的松树阴沉的绿色迎着银白的天空而闪耀，一大片荒原清晰地延伸到苔原上，苔原那边是北极的冰。在这片荒野上，大片漫漫铺展的灯芯草（rush）延伸好多公里，它们对着风低语，"沙沙"作响，这只雄鸭就居住在那里。那里有一汪汪灰绿色的水，灯芯草那边，大片发白的褐色芦苇不断延伸，在远方深化成深暗的黄褐色。到了夏天，一种浓郁的、美妙的气味犹如沉睡的牛群散发的气息，悬浮在这片沼泽地上面。除了那只雄鸭，这里还居住着各种数不清的水禽。

当夏天过去，一阵凛冽的寒风便夹杂着嘶嘶的飞雪，从北方狼嚎般吹过来。有时在白天，一阵阵小小的飞雪在飘扬的灯芯草上旋动；有时在夜里，一轮朦胧的月亮挣扎着穿过一片灰白的流云，一长队一长队的水鸟，一大片一大片的水鸟，拥挤着跃进空中，开始踏上遥远的南飞旅程。在那里，一群群野雁排列成长长的楔形飞翔，以最强壮、最聪明的雄雁为领头，率领着不断汇集而来的队列；一队队䴘、一队队各种野鸭也开始启程：赤颈凫（widgeon）展开呼啸的翅膀飞行，形成了长长的黑色飘带；斑背潜鸭以大片大片黑压压的群体从天上飞下来，飞翔之际还发出一种波纹般的"咕噜"声；到处都散落着一对对蓝翅鸭，它们越过一群群速度较慢的野鸭自顾向前疾飞。随后，在天空下面，一群帆布背鸭以一个"嗖嗖"作响的平行四边形飞来，它们长长的脑袋和脖子呈红色，背部呈灰白色，以每秒大约 48 米的速度飞行，飞行中还发出咕哝的声音，先后超越了针尾鸭、黑鸭和秋沙鸭（merganser）——在它的面前，那些野鸭仿佛都抛锚了。

当那只雄鸭的其余同类都跃进空中，它还是拒绝离开那些寒冷的池塘和低语的灯芯草。原来，在那个季节稍晚的时候，它丧失了自己的伴侣，如今它形单影只，却依然盼望着它会归来，便迟迟逗留着不肯离去，成为最后离开的野鸭之一。一夜又一夜过去之后，沼泽变得越来越空寂、荒凉。接着，一个寒冷的、天蓝色的早晨，蜿蜒的溪流显露出一层层蔚蓝色和一汪汪融化的银色。那天下午，太阳——一个融化的巨大的红色球体，穿过略带紫色的玫瑰色沉落下去，慢慢变成微弱的金绿色，在世界的刀锋上悬挂片刻，然后沉浸下去，消失不见了。

穿过紫罗兰色的薄暮，5 只闪耀的、朦胧发白的鸟儿出现了，它们强劲有力、迅疾而又庄重地飞越西边的天际，这是美丽、神秘、辉煌的黑嘴天鹅。那些影子犹如溢出的墨水渐渐深化的时候，它们"叮当"作响的音符就从空中传递给下面的那只雄鸭。当那些天鹅开始南飞，较小的鸟类便没有时间再继续逗留下去了。那只雄鸭不得不跃进空中，一遍又一遍盘旋，向南飞行，循着那犹如一条长长的金色飘带横越荒原的月亮之路,夜晚因为千百万根蜡烛而一派火红。夜以继日,再夜以继日,它不断飞翔,直到飞越康涅狄格的西北角,候鸟那种奇怪的食物感突然袭来,使它从上层天空降落到一片沼泽地上,而那片沼泽地很宽阔,方圆有好几公里,恰巧就接近科伯尔山的山脚下。

一整夜,它都在池塘中间大吃大喝,填饱肚子。正当东边的天际露出微弱的光芒,它便爬到了在芦苇上面露出的一座陈旧的麝鼠(muskrat)房顶上,然而就在它踏上第一步的时候,只听得一声锐利的"咔嗒"声响起,那钢铁的凶猛的咬啮就紧紧夹住了它——原来,它陷入了赫恩设置的陷阱。日出时分,那个老头来到那里发现了它,便把它包裹在外衣里面带回了家,一路上,赫恩每走一步,它都会"嘎嘎"鸣叫,拍动翅膀,不断挣扎。到了农场,经过仔细检查,发现它的腿没有断,于是赫恩就抓着它,玛丽亚大妈则拿来一把长长的大剪刀,"咔嚓咔嚓"地剪掉它那美丽的翅羽。接着,那只雄鸭闪烁着一派绿色和紫罗兰色,被放到了那6只小鸭中间,而那6只小鸭则钦佩地看着这个新来者。

就在被松开的那一瞬,它试图拍动强劲的翅膀,让自己重新飞起来,远离这可恶的大地,这人类为野生动物设置了陷阱的大地。但不幸的是,那对羽毛被剪掉的翅膀却无效地拍击着空气,没能让它飞向云端,甚至没有让它那双有蹼的、橘黄色的脚离开地面一步。那只雄鸭一次次想要飞起来,但每次都是徒劳,它最终意识到自己被剪掉了羽毛,遭到了人类的羞辱,被困在了大地上。此时,它似乎第一次注意到了那6只小鸭站在旁边默默地看着自己，便对着它们凶猛地"嘎嘎——嘎嘎——嘎嘎"地鸣叫，这让玛丽亚大妈产生了一种不安的情感，她觉得自己拿来的那把大剪刀就是雄鸭对小鸭们评论的主题。突然，它停了下来，不再"嘎嘎"鸣叫，7只鸭子全都朝着它们冬天的居所走去，你瞧，那只闪耀的雄鸭雄赳赳地走在队列的最前面，布莱基则心甘情愿地从原来的第一位退居第二位，温顺地紧随其后。

从那一天开始，那只雄鸭就成了它们的首领，但它始终也没忘记自己曾经遭受的侵犯，只要一看见玛丽亚大妈，它便会爆发出一阵激昂的"嘎嘎"鸣叫。很快，鸭子们就很不情愿地相信了这样的事情：那个温和的小女人竟然用大剪刀对鸭子犯下了滔天罪行！因此它们开始越来越频繁地躲避她，再也没有以前的那些游戏、散步和爱抚了。相反，6只小鸭顺从于那只雄鸭的领导，尽可能远地避开设置陷阱、捕捉鸟儿并剪掉了其翅羽的人类。

起初，助祭害怕那只雄鸭可能会漫游着离开农场，便将这群鸭子放在一个大型畜圈里，那里原本是春天用来饲养新生的牛犊的。当然，这样做并不是为了囚禁那些鸭子，因为它们可以飞越最高的栅栏，前往外面的池塘。第一天早晨，被放进牛圈之后，鸭子们便跳起来飞越栅栏，飞向池塘，同时对那只雄鸭"嘎嘎"鸣叫，让它跟过去。但那只雄鸭"嘎嘎"鸣叫，显然在回应说它无法飞过去，于是那群鸭子又返回来，一次次向它展示飞越栅栏有多么容易。终于，经过一番交流，那只雄鸭让小鸭们明白自己不可能飞行了。其间,那些小鸭好几次动身前往池塘,但每当雄鸭发出一声"嘎嘎"的鸣叫,它们都会立即返回。最终,还是聪明的布莱基解决了这个难题。它越过栅栏飞回来,在牛圈一侧的附近,发现了一个伫立的箱子,于是它爬到箱子顶上,再拍动翅膀飞到最高的那根栅栏栏木上,那只雄鸭见状,便吃力地爬上箱子,试图跟着越过栅栏。当它绝望地拍动它那已然残废的翅膀攀爬到栅栏上,布莱基和其他鸭子都飞到栅栏上来帮忙,把它们扁平的嘴喙伸下去,竭尽全力把雄鸭拉上来,最终,它终于攀爬到栅栏顶部,安全地翻越过去。这样的情况持续了好多天,在这群鸭子往来于池塘的时候,它们每天都要帮助雄鸭进出牛圈。最终,当玛丽亚大妈看见这种突破囚禁的实验场景,她干脆把牛圈打开,让鸭子们自由出入,此后那只雄鸭就跟其他鸭子一样,获得了自由出入农场的权利。日子一天天过去,它似乎更加甘心接受自己的命运,甚至有时还会从玛丽亚大妈手中接受食物。然而,就整个鸭群而言,它们显然还是流露出某种谨慎和躲避,这无疑让玛丽亚大妈有些苦恼。

风雪夜,两只离去的野鸭意外归来

就在冬天似乎永远不会离去的时候,春天终于来了。天空上,一群群野雁在振翅、振翅又振翅,从不停下翅膀,从不歇息,排列成巨大的黑白楔形队列飞向北方,飞行速度超过了春天挺进的速度，但此时，它们也常常发现湖泊和沼泽依然封冻着。天空中传来了双领鸻（killdeer）那种奇异的、野性的鸣叫，这种鸟儿具有两道黑色的环圈，围绕在白色的胸脯上，此外，空气中还弥漫着知更鸟（robin）的音符和蓝鸲的鸣叫，雨蛙那高声尖颤的音符也不绝于耳。在科伯尔山的山腰上，血根草绽放，显露出雪白的花瓣、金色的心、会滴下血一般炽热的苦涩汁液的根——这是疾风亲吻又杀死的脆弱的花朵。随后，山毛榉（beech）都转变成了淡紫色、褐色与银色，4月的麦田露出了一块块明亮的、丝绒般的绿色。

　　终于，一个展现着朦胧光辉的日子到来了，此时，草丛成了熊熊的绿焰，树林滴翠，苹果树的新叶就像细小的绿色火苗，在粉红色和白色花朵中间喷射出来。天空中挤满了飞向北方的水禽。整个那一天，那只雄鸭都焦躁不安，来回走动。而此时，它翅膀上被剪掉的羽毛一根接一根脱换了，那曾经属于它的光辉的、弯曲的、长长的羽毛管重新长了出来。那天下午很晚的时候，它率领着那群鸭子走向厨房，从下午的天空上飘来一阵巨大而杂乱的呼唤和鸣叫，整个上层天空都黑压压地挤满了野鸭，其中有水鸭（teal）、林鸳鸯、赤颈凫（baldpate）、黑鸭、针尾鸭、小小的蓝嘴鸭（bluebill）、白颊凫（whistler）。突然，天边出现了一大群绿头鸭，那些雄鸭的绿色脑袋在天空中闪耀，它们一边飞翔，一边对下面那一小群被困在大地上的鸭子"嘎嘎"鸣叫。

　　待在大地上的那只雄鸭似乎意识到自己的力量重新回归了，便剧烈地扇动它那具有光泽的翅膀，让身躯以一条箭矢般的漫长曲线升腾而起，穿过空气朝着那群正在消失的同伴疾飞而去——此时，它不再孤独了。正当它离开地面，就在玛丽亚大妈那震惊的眼前，那只忠诚、笨拙而又机警的鸭子——布莱基也拍动翅膀，追随那只雄鸭跃进空中，两只鸭子越飞越远，渐渐消失在远方的天际。

本来，玛丽亚大妈还能从剩下的那5只鸭子身上找到慰藉，但是，仅仅那两只鸭子的消失，让她意识到那些鸭子对于自己是多么珍贵而可爱——绿头，即那只美丽、野性而憎恨她剪掉了自己羽毛的雄鸭，还有布莱基，笨拙、聪明而足智多谋的布莱基。没有它们，剩下的那些鸭子也就不知所措了，它们一次次外出，进行冒险活动，完全忽视了暗藏的危机，而在以前，在它们失去的国王和王后的统治下，这样的事情是决不允许发生的。终于在一天黑夜，当它们睡在外面的时候，命运赶上了它们——那个黑暗的吸血鬼，一只漫游的水貂，偶然遇到了它们，便大开杀戒，因此那5只小鸭全军覆没。随着它们的逝去，某种充满爱和希望的东西也消失了，对于3个老年人来说，没有了那些鸭子和它们的声音，科伯尔山成了一个非常孤独的地方。

夜晚渐渐变长，玛丽亚大妈经常会做梦，梦见自己听到了那一小群快乐的鸭子的声音，梦见它们在栖息的篮子里面犹如小茶壶一样歌唱，要不就梦见自己听到它们从栏舍里面发出的"嘎嘎"鸣叫，而她自己则会大声叫唤，安慰它们。然而，这些始终都只是梦。不久，严寒就来临了。一天夜里，一场猛烈的暴风雪和雨夹雪降临到了科伯尔山上,狂风就像发现那只雄鸭的前一天夜里那样号叫着。突然,玛丽亚大妈从温暖的床上起身聆听,当她确信自己不是在做梦,而是确确实实听到了某种声音,就赶忙唤醒了助祭,他们起床披衣,穿过黑暗匆匆走向前门,而门外确实响起了那些吵闹而又熟悉的"嘎嘎"声。

玛丽亚大妈颤抖着双手点燃提灯,当他们猛然打开前门,一个队列便闯了进来。走在队列前面的就是绿头——那只雄鸭,现在它不再憎恨玛丽亚大妈了,却在看见灯光和庇护所的时候欢乐得"嘎嘎"大叫起来。在它的后面,布莱基那柔软、暗色的脑袋爱恋地摩擦着玛丽亚大妈的双膝,发出那种爱抚的、低吟的声音——这正是布莱基想要得到宠爱时发出的声音。布莱基的后面,还跟着另外4只鸭子,它们一边摇摇摆摆地走着,一边尴尬地"嘎嘎"鸣叫,露出青春期的体形和新颖的羽毛衣装。绿头和布莱基回来了,还带来了它们一家子。

吵闹声和叫喊声惊醒了老赫恩,他赶紧穿着睡衣起床。顺便说一句,他所谓的睡衣,除了鞋,跟他在白天所穿的衣服并无二致,因为赫恩说过,他不能容忍穿衣和脱衣的烦扰,除了在洗浴的季节——不过那是很久以前的事情了。

"那些烦人的鸭子又要挨骂了。"他说道,同时快乐地咧嘴笑。

"是啊,"助祭吉米回应道,"我认为我们现在不会有一刻的安宁了。"

"是的,它们都没有用处……"玛丽亚大妈说道。然而,当她停下来，把那两颗亲切可爱的脑袋——一颗绿色脑袋和一颗黑色脑袋拥进自己的怀里时，她开始哽咽了，某种温暖而湿漉漉的东西从她那布满皱纹的面颊流下。

第 7 章　鼬鼠捕猎记

Blackcat

在夜幕的掩护下，一只大鼬鼠在雪地上漫游、觅食，偶然遇见一只正在捕猎松鼠的松貂，便紧追不舍，双方斗智斗勇，不断周旋、交锋，经过一番激烈的追逐，松貂最终惨遭杀戮，并被搁在树桠上。然而，这只是嗜血成性的大鼬鼠进行杀戮的开始。很快，鼬鼠又在雪地上追踪一只雪鞋兔，而雪鞋兔拼死跳进冰冷的河水，逃往河中央的沙洲，方才逃脱魔爪。面对满身是刺的豪猪，鼬鼠并未退缩，却突然采取策略，以迅雷不及掩耳之势将其掀翻在地，撕开其腹部大快朵颐。等到它回去寻觅早先猎杀的松貂，却发现一只加拿大猞猁已将猎物据为己有，鼬鼠怒不可遏，便以小博大，向体形比自己大得多的对手进攻，短兵相接中，竟将其巧妙地击杀……

松貂捕猎松鼠，却被大鼬鼠捕猎

太阳落山之后，余晖渐渐消失，一片绿色开始闪耀，最微弱、最精美、最新颖的弯月被蚀刻在各种色彩上面，看起来，仿佛一阵风就会把它像蛛网一样从天上吹走。当转变的色彩深化成北方之夜那种恒久的孔雀蓝，那颗傍晚之星犹如低悬在西边的灯盏闪耀，而黑暗大步迈过森林的阴影，在飘落下来的积雪上呈现出钴蓝。当冬天的群星燃烧到渐渐暗淡的天空上，夜间生命的潮汐便开始在沉寂的树下流淌、悸动。野生动物一一出现，在属于它们的日子里生活、恋爱并死去，一如我们人类。

暮色暗淡成了那种缀满珠宝的黑暗，随着北极光变幻的色彩而呈现出乳白色，很久以后，从树林深处传来一个声音，那声音几乎对每一种森林动物都构成了生命威胁。然而，那声音听上去似乎只是一个小孩在伤心地恸哭。除了驼鹿、黑熊和狼獾，那声音对于其他动物无疑是死神的声音。

在离地大约 15 米的高处，从一棵枯萎、空洞的白松上，那个悲哀的声音再次顺风而颤栗着传递下来。紧接着，一只略带褐色的黑色动物就出现了，它从那位于一根伸展的粗枝下面的空洞中爬出来，再慢慢顺着树干爬下来，它那种头朝前的爬行姿态表明，它无疑是树栖动物中的老手，因为只有那些绝对精通高处技巧的攀爬者才会这样顺着垂直的树干爬下来。当那只野兽走出阴影，它的形态多么类似一只身材硕大的黑猫，拖着一条毛蓬蓬的尾巴，长着一颗浅灰色的圆脑袋。因为这种外貌，一些设置陷阱捕猎者干脆将其命名为"黑猫"，其他人则称它为"渔夫"——尽管它从不捕鱼，而对于印第安人来说，它是食鱼貂（pekan），黑暗中的杀手。尽管它有着圆圆的脑袋和温和的脸，但这个"渔夫"属于鼬鼠这一杀手家族，仅次于狼獾，是这个家族中最有力者，且多才多艺，掌握了多种技能。

今夜，这只食鱼貂刚一到达地面，就开始在自己的 16 公里游猎区域内漫游，它在猎场上发现过诸多跑道，它沿着其中的一条行走。就像大多数鼬鼠一样，它独自生活着。每年秋天，它都要跟伴侣生活在一起，然而那种家庭生活十分危险而短暂，仅仅持续几天就会结束。当"黑猫"的伴侣试图出其不意地杀死它的时候，它就知道自己的蜜月结束了，再次动身前往它那棵距离"黑猫"夫人很多公里的空心树，重新当起单身汉。今夜，当它闲庭信步似的穿过积雪，它轻松、连续地跳跃，那柔软的黑色身躯犹如捕猎的蛇在地面呈环形移动，而它那宽大的额头则赋予它一种天真无邪、坦率的神态。如果在树上，它就类似一只猫，而在地面上，它看起来则像一只狗。

尽管如此，有一只动物就没有被"渔夫"脸上那种坦率的天真所误导，那是一只正在捕猎的松貂（pine marten），当时它刚刚在漫游中偶然遇到一个红松鼠的巢穴，那个巢穴由树枝编织而成，顶部覆盖着层层树叶，安置在一棵条纹枫（moose-wood）幼苗的分叉处，距离地面大约9米。发现目标之后，那只松貂便扬起脑袋，并侧向一边，用明亮的黑眼睛打量着那个剧烈摇晃的巢穴。它确信那个巢穴里面肯定有猎物，于是就沿着纤细的树干一路飞速爬上去，而在它的急速行进之下，纤细的树干不断弯曲、摇动。

但是，那些松鼠很狡猾，它们选择一棵特别的树来筑巢，这棵树在最轻微的重量之下也会弯曲，从而在任何不受欢迎的来客临近之前就会发出报警信号。因此，就在那只松貂刚走完全程的一半，4只松鼠就急匆匆逃出了巢穴，飞速奔向最远的细枝末梢，从那里跳跃到距离最近的另一棵树上，消失在黑暗之中。正当那只松貂因为跳跃而平衡身躯，它就看见了"渔夫"在下面仰望着它。仅仅这一眼，就让它惊恐万状，一下子忘记了世界上还有松鼠这件事。紧接着，它惊人地一跃，落在了附近一棵铁杉（hemlock）的树干上，犹如一个影子围绕着树干溜走。

大鼬鼠穷追松貂，最终将其猎杀

但此时，松貂的逃逸为时已晚。"黑猫"毫不费力地弹跳了几次，便到达了树干，轻松地向上攀爬，那速度堪比一条迅疾的黑蛇。那只松貂在路径上折返、扭动、转折，以箭矢般的速度从令人眩晕的高处确切而迅速地跳跃，拼命奔逃。然而，尽管它擅长跳跃和冲刺，它的身后始终都会响起那种"啪嗒啪嗒"飞奔而来的声音。在松貂柔软的金褐色身躯之下，树枝"劈啪"作响、弯曲，但还没来得及停止摇曳，"渔夫"黑色的身躯也追了上来，那些树枝因此碰撞、下垂。随着每一次轻松的跳弹，那个黑色的身躯距离金色的身躯更近了。松貂堪称世界上最迅疾的爬树者，但除了一个例外，而那个例外就是"黑猫"。当两只大鼬穿过树木忽闪，它们似乎在串联着奔跑：无论前面那个金色的身影怎样扭动、转折，后面那个黑色的追逐者都会自动跟踪过去，仿佛两者之间连接着一条无形而又不可能断裂的纽带。

在如此的压力之下，那只松貂的勇气率先崩溃。这倒并不是说它像兔子家族的成员那样会停下来抖缩，无助地颤抖，也不是像老鼠家族的成员那样在遭到步步紧逼时会口吐白沫，疯狂地奔逃。只要鼬鼠活着，它都不会完全惊慌失措，只是现在松貂越来越疯狂地奔跑，依赖于直线速度，从而忽视了很多次迷惑性的折返行动的机会，因为这样的折返会给予它喘息的空间。此时，沉着冷静的"黑猫"深知这一点，便开始抄捷径追击过去，而在这场狩猎刚开始的时候，这样的行动可能会让它丢失猎物。

这场追逐漫长、呈环形而展开，最终它们来到一棵巨大的白松附近，那棵白松高耸而起，孤零零地伫立着，距离它最近的树也有 15 米之遥——一棵弯曲的云杉（spruce）朝着这棵孤树伸展过来。只见那只松貂飞身一跃，便跳到了那棵云杉上，紧接着闪电般沿着树干爬上去，一路向前奔跑，从不回头看一眼。它身后那个狡猾的追逐者从中看到了机会，于是落在云杉一个较矮的分叉处，聚集起自己钢丝般的肌肉保持的每一点儿力量，也飞身一跃，向外和向下飞进了半空中。对于任何没有翅膀的动物而言，要安全地越过那两棵树之间的巨大间隔，似乎根本不可能，但"黑猫"确切地知道自己能做什么，对自己的能力了如指掌，深信自己能越过那个距离。只见它那黑色的身躯形成一个宽阔的抛物线，在距离地面 30 米的高空中"飕飕"穿过空气，开始时犹如一个皮毛的圆球，在弹跳达到巅峰状态时鼓足全力，伸展身子。要是那棵树再远 15 厘米，"黑猫"就永远不会进行这样的跳跃。事实上，它那巨大的、抓攫的、有头角颜色的前爪刚好抓住那棵树，控制的时间长久得足以让它用后爪紧紧抓住立足点。

那只松貂本来在"黑猫"前面 15 米之处，但因为它不得不向上攀爬、跳跃，又向下攀爬，从而丧失了领先的距离，如今它沿着树干一路奔向地面，而就在此时，"黑猫"从天而降，如此一来，两者的距离便不到 3 米远了。那只食鱼貂没有停顿片刻，从容不迫地跃进空中，消失在下面足足有 12 米之处的一个雪堆之中。即便是在那些长着缓冲积雪作用的脚垫的动物当中，也没有很多能够忍受如此高的跳跃，但那只身材硕大的黑色鼬鼠飞快地冲出积雪，它那钢铁般的体格显然没有受到剧烈震动的影响，而且很快就伫立在那棵树的脚下，等着猎物自投罗网。

当松貂到达地面，看见那正等着它的敌人，它那原本顽皮的脸似乎一下子就变成了愤怒而绝望的面具，只见它那圆圆的黑眼睛目光熊熊，嘴唇从利齿上面向后弯曲，露出可怕的咧嘴的微笑，随着尖声的愤怒咆哮和闪电般的猛咬，它试图一口咬住鼬鼠家族成员捕猎时都最喜欢攫住的猎物喉咙。尽管如此，它如今面对的是一个相当迅疾且更加强大的对手。只见"黑猫"微微地摆动了一下，便一下子溜到了敌人前面，而那只松貂忽闪的牙齿仅仅咬到了"渔夫"肩头上松弛而坚韧的皮肤，它还没来得及再次出击，"黑猫"便用凶猛的爪子攫住了它，它身材较小，根本无法躲闪对方黑色口鼻给予的还击。又过了一秒，那金色的喉咙便喷洒出鲜血，而"渔夫"则展现出鼬鼠的本性，大口大口地畅饮起来。依照人类的观念，这场战斗可怕而怪异之处，就在整个血腥的搏斗期间，直到结束，"黑猫"都始终像温和的狗露出一张丰满的脸，露出温和的、沉思的表情，丝毫没有残忍的、可怕的神情。

"渔夫"满足了最初的嗜血本性，把黑色的脑袋猛一扭动，就将松貂那了无生气的尸体扔到了肩头上，盘绕着树干爬上去，将其暂时贮藏在一个方便可取的分叉处，而且，它还确信没有哪个觅食者敢染指这只猎物，因为猎物的皮肤上还带有自己的气味和封印，其他动物根本不敢靠近。

情急之中，雪鞋兔跳进冰河逃避追逐

在整整两天的暴风雪中，"渔夫"一直都待在树上。那天夜里，它展开的第一次杀戮仅仅激发了它的嗜血性，而它那种嗜血的本性一直贯穿它的身躯愤怒地流淌，难以停息，因此它需要不断杀戮。接着，它沿着最近的跑道，来到了一条宽阔的、迅疾的森林小河边，在这个地点，小河形成了一道瀑布，这样就保证有足够的水流来阻止水面冻结。靠近河岸，漫游的"黑猫"在积雪中偶然发现了一行清新的足印：先是有5个印痕——一小、两大再两小，接下来的足印显露出只有4个印痕，而顺序却颠倒了过来：较大的印痕在较小的印痕前面，而不是在后面。再是前行了一小段路，那些较小的印痕的顺序就不再是并排着的了，而前后排列着。

"黑猫"扫了一眼，就解读出了这个留在积雪上的谜。那5个印痕表明，一只北方野兔，或者雪鞋兔（snowshoe rabbit）曾经栖息在那里，第五个印痕就是它那短短的尾巴触及地面所留下的。在冬天，雪鞋兔那跳跃的大长腿上穿着皮毛雪鞋，那个较大的印痕就是雪鞋的印痕，较小的印痕则是它小小的前爪印痕——它栖息的时候，自然会将前爪触及后腿前面的地上。而当它跳动的时候，顺序便颠倒了过来，因为它那大长腿每跳跃出去一次，都会落到前爪前面的地上，朝着较大的印痕行进。最后的足印表明，那只野兔根本没有察觉到危险的临近，既没有嗅到也没有看到追逐者，其实野兔眼睛的位置很奇特，使得它在跳动时既可以朝前

看也可以朝后看。而当它小小的前腿触及地面,其中一只就在另一只后面扭动,最大可能地保证实施杠杆作用。

"黑猫"固执地决定追逐。虽然在直线奔跑中,它的速度要慢于野兔或者狐狸,但它的耐力极好,能够并且将会在漫长的追逐中赶上猎物,尽管这样的追逐可能需要一天的时间,但它会成为最后的胜利者。然而今夜,这场追逐战竟突然而意外地草草收场了:那只野兔在雪地上划出一个直径几乎达到了800米的大圈,全速奔逃,接着,它蹲下它那比积雪还要洁白的身子,观察后面的追踪者,并确定追踪者是否真的要将自己一路追踪下去。不久,那只蹲坐的野兔就看见圈子的另一边出现了一个黑色形体,弓着背呈环形向前移动。一般来说,只要看见这一幕,那些体形较小的雪鞋兔都可能会奔跑出一小段距离,然后蹲伏在积雪中,发出尖叫,充满对死神的恐惧。然而,今天这只野兔更坚强,它整整生活了7年,堪称族长似的元老,经验十分丰富——而对任何野兔来说,这个年龄可以在充满敌人的世界中获胜。

正如海华沙[①](Hiawatha)把它命名为"沃巴索"(Wabasso)一样,如果它没有遇到"黑猫",它就能活满它的整个岁月。这只老野兔以某种未知的方式,很可能是一次令它很愉快的意外,学会了野兔可能中断鼬鼠进攻的一种防御手段,而且顺利地活下来。

---

① 19世纪美国诗人朗费罗(1807—1882)所作长诗《海华沙之歌》中的主人公。

于是，它立刻全速奔跑，在积雪上施展那种距离达到3米远的跳跃，而且每秒钟几乎可以跳跃4次，而与此同时，它还拥有一个优势：在每年冬天，造物主都会把一双毛茸茸的宽大的雪鞋赠给它那白色的脚，防止其深陷到积雪之下。

尽管那只野兔有颜色的保护，但"黑猫"敏锐的视觉还是捕捉到了对方的第一次跳动，于是它立即抄近路穿越那个圈子的直径。尽管"黑猫"抄捷径，但那只野兔还是领先它很多米而到达了开阔的河边。在河流外面很远的冰冷的水流中央，横亘着一个沙洲，上面覆盖着积雪。令"黑猫"惊讶而厌恶的是，那只野兔竟然不按常规行事，从河岸拼命地跳了出去，跳进外面足足有3米远的冰冷的水中，这样的行为与它以前实施的追逐战中的每一种常规都完全相反。"沃巴索"不是游泳健将，它这样选择跳进水中，显然与它曾经在陆地上获得过的成功方式相同。只见它竭尽全力踢动后腿，穿过水流而跳动，每一次都要抬起身子，又沉下去，直到只露出白色的鼻尖。然而，在一段短暂得奇妙的时间之内，它顺利地穿过了那苍白的流水，安全地躺在沙洲上直喘粗气。如果再受到追逐，它可能再次跳进水中，一路前往岸边，而一旦到了岸边，如果需要，它既可以一路向前奔逃，也可以重新跳回水里。

但今夜，那只野兔并不需要实施这样的策略。因为尽管那只大鼬鼠拥有"渔夫"这个名字，但它也非常憎恨水。在夏季，虽然它游得缓慢而笨拙，但它能够游泳。至于跳进冰冷的滚滚水流，它则根本没作考虑。此时，"黑猫"在河岸上凶猛地往来奔驰，直到确信那只兔子要留在河中央的沙洲上过夜,才悻悻地放弃了这场狩猎,并沿着河岸一路跳跃着离开,前去追逐其他更容易得手的猎物。那天夜里,它脸上原来的那种温和表情变了样,第一次被嘴唇发出咆哮时形成的弯曲所破坏了,露出了整整一副残忍好战的牙齿——每一只鼬鼠,无论体形大小,都武装着那样的牙齿。

鼬鼠掀翻豪猪,撕开肚腹大快朵颐

正当"黑猫"沿着河流路线前行,它那敏锐的听觉很快就捕捉到了一阵稳定而单调的声音,那声音就像是有人在使用一把异常迟钝的锯子所发出的。转过一个拐角,原来静止的水就冻结了。在河岸的侧边,有一只原先用来装猪肉的小桶冻结在冰层中,那是从某个伐木营地漂浮下来的。在那个破碎的小桶前面,蹲伏着一只硕大的、浅黑色的、毛茸茸的动物,它不断咬啮,仿佛在为获取计时报酬而努力劳动,一直不肯停下来。那只动物是加拿大豪猪(Canada porcupine)——"老头刺猪"(Old Man Quillpig),这是伐木工人给它取的名字,那些工人之所以憎恨这种动物,是因为它会把任何沾过盐的小木块统统咬啮成碎木屑。这只豪猪当然看见了靠近的"黑猫",却绝对没有停止咬啮的意思。大自然中,很多动物都很自信,认为自己能猎杀行动迟缓、愚蠢的刺猪,狼、山猫(lynx)、豹子(panther)还有野猫(wildcat)都尝试过,不过最终都丢了性命。因此今夜,那只豪猪在星光下不断咬啮,深信没有哪种动物能够突破自己身上的防御,因此对鼬鼠的临近根本没有在意。

但是,世上有两种动物对豪猪无所畏惧,一种是黑熊,另一种正是"黑猫"。此时,那只食鱼貂迈着迅疾、蜿蜒的步伐,靠得越来越近,那只刺猪这才极不情愿地停下了咬啮,将脑袋插到那只冻结的破桶的桶板下面,只见它将肚腹紧贴着地面,竖起那些羽管状的刺,同时还左右甩动它那条缀满长刺的尾巴,因此它的身体在一瞬间似乎就膨胀到了正常状态的两倍。那些羽管状的刺为纯白色,尖端为黑色,密集地生长到了极点,光滑而锋利,刺上面有毒,无论它们在什么地方触及了活体的肉,都会致其溃烂、肿胀、化脓,不过食鱼貂例外,它的肉体对刺猪的那种毒素具有很强的免疫力。

今夜,"黑猫"却没有浪费时间。这只狡猾的鼬鼠根本不理会那些竖起的长刺和那条不断鞭笞的尾巴,却突然将一只爪子迅速插进那个咬啮者的身体下面,猛地一掀,便将对方四脚朝天地掀翻在地上,还没等它翻转过来,"黑猫"就撕开了它那毫无防护的肚腹,继而开始大口吃起那颤抖的、肥胖松垂的肉来,那样子就像是从一只牡蛎壳中掏出肉来吃,或者更准确地说,是从一只长满刺的海胆(sea urchin)中吃肉。在整个行动过程中,它根本不顾那些羽管状的刺,有很多刺都刺穿了它的皮肤,还有一些刺被它连同大片温暖的血肉撕扯下来,大口大口贪婪地吞了下去。由于某种未知的魔力,那些刺对"黑猫"根本就无害,尽管就像一包又一包针乱七八糟地穿过它的大肠，也不会带来任何麻烦，除了天生不怕刺猪的熊和鼬鼠，在任何其他动物体内，那些刺会不可避免地导致吞噬者死亡。

鼬鼠以小博大，击杀加拿大猞猁

那只食鱼貂敞开肚子饱享之际，群星开始在深蓝色的天空上暗淡下去，东边的天际上，一丝微弱的红光宣告了它在这一天的狩猎结束了。它告别性地咬了一口，便动身穿过积雪返回它那棵空心树，其间还专门绕出了一个漫长的大圈子，去把那只贮藏在树上的松貂带回家去。正当它接近那个纤细的金黄色躯体悬晃在分叉的枝条上的树，它原来那种闲散的大步慢跑变成了一连串迅疾的弹跳。从食鱼貂的面具后面，第一次发出了愤怒的咆哮，原来，那只死去的松貂竟然从树上消失了！在疾风把积雪吹得几乎精光的一个开阔的空间，那只松貂躺在一只影影绰绰的灰色动物巨大的爪子下，那只动物闪烁着浅黄色的眼睛，有一条古怪的短尾巴，黑色的双耳上还有一撮毛。无论如何，那只动物看起来都像一只灰色的猫，但这样一只猫从不会生活在房子里面。这就是加拿大猞猁（Canada lynx），其身长0.9米，体重达18公斤，在它的北美亲戚中间，只有体形更大的黄色美洲狮（puma）或豹子超过它。

听到"渔夫"愤怒的咆哮，那只大猫便抬起头来，看见了那个滑动的黑色形体，随即它也发出了一声低沉的"呼噜"作响的嗥叫，将它那巨大的脑袋轻蔑地下垂到松貂那血淋淋的喉咙上。就这样，那只黑色的大鼬鼠和那只灰色的大猫对视了片刻。第一眼看上去，那只身材较小的动物势单力薄，似乎不可能会进攻那只较大的动物，因为相比之下，"渔夫"的体形和体重都不及猞猁的一半，并且从外表上来看，那只猞猁似乎也流露出了更为好斗的性情：那对长着一撮毛的耳朵很机警，那双眼睛犹如绿色的火焰闪耀，那竖起的毛发和拱起的背部，与"渔夫"那宽大的额头和诚实的圆脸形成了鲜明的对比，两者的差距似乎大得可怕。

这种差距至少在年轻的吉姆·林克拉特（Jim Linklater）看来是这样，当时他正跟他的叔叔——设置陷阱捕猎者戴夫（Dave）紧紧地蹲伏在一片铁杉萌生林中。早在天亮之前，这两个人就穿着沉寂的雪鞋，背负着很多钢夹，在河岸上行走，沿途安置一系列钢夹进行捕猎。听到猞猁发出那种摩擦似的刺耳声，他们就从藏身处向外窥视，不料竟发现自己距离那个小小的角斗场还不到9米远！

"那个老魔鬼马上就会把那可怜的、天真无邪的黑色小家伙撕碎的。"年轻的吉姆低语道。

老戴夫摇了摇他那头发花白的脑袋，把侄子那只丰满的耳朵牢牢而费力地拉到自己的嘴巴前面。

"小子，"他反驳地嘘了一声，"好好等着看吧，你和那个老魔鬼都会惊得要命的。"

那只鼬鼠对两个观众的存在毫无察觉，只见它迅疾地接近那只大猫。突然，那只猞猁发出一声嘶哑的尖叫，一跃而起，希望竭尽全力落到那个拱起的黑色脊背上，然后伸出它那颇具撕裂力的弯曲的爪子抓住对手，同时用牙齿深深地咬进对手的脊椎。

然而，猞猁采取的这种战术显然尚不曾适应"黑猫"，根本没能奏效。食鱼貂没有发出一丝声音，便像影子一般突然转向一边，几乎还没等猞猁落到地面，"渔夫"那凶猛的、切割性的利齿就咬断了对手一条后腿上的肌腱，同时用弯曲的爪子深深地插进了对手腹部柔软的内侧。

那只大猫受伤之后，立即愤怒、痛苦而纯粹又惊讶地尖叫起来。当它落到地上，那条已然残废的后腿便在它的身体下弯曲。然而，它还拥有一个优势，即便是食鱼貂再怎么具有勇气和速度，也无法战胜：要是猞猁紧紧咬着死去的松貂不放，从深深的积雪中跃出来，撕咬对手，"渔夫"就不得不面对一场注定失败的战斗。就像那只野兔冬天穿着雪鞋，能在积雪上一路轻松地行走，而"渔夫"在积雪上每走一步都会深深地下陷。然而，尽管猞猁的外表很可怕，但它头脑相当愚笨，缺乏智力。它那条腿弯曲下去之际，竟然惊慌地四脚伏地，那是猞猁采取的传统防御姿势，准备好让自己那4只撕裂性的爪子随时展开行动，却忽略了牙齿的作用。

要是猞猁搏击大猫部落的另一个成员，这样的防御手段会非常有效，然而面对食鱼貂却是致命的。"黑猫"是世界上善于短击的最佳拳击手，没有哪个斗士能超越它，任何体形接近"黑猫"的敌人，如果要进行短兵相接的扭打，很少能活下来。起初，食鱼貂越来越迅速地围绕那只旋转、哀号、挥舞爪子的猞猁，直到那只大猫露出破绽，让自己灰色的喉咙毫无防护地在敌人面前暴露了一秒。而这一秒就足够了，只见食鱼貂犹如一条盘卷的响尾蛇出击，跃起来猛扑过去，用那两排最有效的、适合于战斗的牙齿深深咬进猞猁的喉咙——在哺乳动物中，它的牙齿可是相当出名的。大猫遭此一击，便用自己所有具有切除功能的利爪去抓挠对手，但是"黑猫"受自己厚实的皮和坚韧的肌肉所保护，很乐意用自己的皮毛外伤去换取对大猫喉咙致命性的控制。因此，它那弯曲的牙齿越陷越深，接着，一阵鲜血便喷涌出来，它的牙齿咬穿了大猫的颈静脉。猞猁的挣扎变得越来越弱，最后，随着一阵痉挛性的颤栗，那个硕大的身躯直挺挺地躺在积雪中。那只鼬鼠也躺在旁边直喘粗气，舔舐着那喷涌而出的热血，同时，它的鲜血也一条条地顺着黑色的皮毛流淌下来，但那只是外伤，伤势并不那么严重。

年轻的吉姆率先打破沉默。

"那些皮毛可以卖出25美元的好价钱。"他一边说，一边向前迈步。

"你自个儿去取吧。"老戴夫立即表明态度，没有从他站立之处挪动一步。

听到他们的谈话声，那只黑色的鼬鼠闪电般地跳起来，把一只爪子放在死去的猞猁身上，把另一只爪子放在松貂身上，以绝对的沉默面对着他们。在那个温和的额头下，那双眼睛闪烁着炽热而可怕的凶光，那滴着血的身子抖动着，准备再一次去攫住对方的喉咙。

"看来'黑猫'先生想把两只动物都据为己有。"那个老头喃喃地说道,从萌生林更远的一侧小心谨慎地撤退。吉姆又凝视了一会儿那双目光熊熊的眼睛,就跟着叔叔离开了现场。

"它最终看起来并不是那么天真无邪啊。"他终于注意到了这一点。

第 8 章　鼩鼱捕猎记

Little Death

在一年中的黎明，那永远处于饥饿状态的鼩鼱便开始捕猎——它每天必须吃掉跟自己的体重相仿的血肉食物。虽然它身体微小，却堪称战斗机器，常常跟体形大于自己数倍的对手过招。它追踪草甸鼠至其老巢，而且以一敌四，连续击杀了4只草甸鼠，并将其吃得精光。前往小溪之际，它与另一个嗜血杀手——鼬鼠不期而遇。由于鼬鼠的厌恶，双方最终相安无事，擦肩而过。饮水时，一只食雀鹰突然从天而降，几乎将它攫走，但它及时扎进水中逃脱。在水中，它又遭遇了一条路过的斑水蛇，一路追踪到蛇穴，经过一番苦斗，将水蛇咬死并饱餐一顿。黎明时，它和伴侣吵醒迷路的旅人，殊不知无形中竟救人一命……

最小的哺乳动物，永远饥饿的杀手

深绿色的油松伫立着，犹如来自诺亚方舟（Noah's Ark）上的树，在它们中间，淡蓝色的雪在金白色的沙上漫长地堆积了3个月。今天，树林成了一片辽阔的绿色大海，浪花一般地拍打着那片白色沙地，而那片沙地从南边以楔形直插到北边腹地之中。一条弯曲的溪流穿过森林淙淙流淌，切割出深深的水道，而在高高的溪岸上，山月桂（mountain laurel）那幽灵般的光辉悬垂在幽暗的水域之上。靠近水边，猪笼草（pitcher plant）展现出一丛丛空洞的、布满深红色条纹的叶子，在那些叶子里面，长着成千上万指向下面的小牙齿，成为粗心的昆虫致命的陷阱。整个冬天，这些猪笼草都结满了清澈的、锥形的冰块，而今天，在那些致命的叶子之上，在长长的茎梗上，巨大的花朵摇晃着，呈现出酒红、深红、碧绿、珍珠白和纯金等颜色。

从头上，传来了松莺（pine warbler）唱起的一阵阵颤动的歌声，那只鸟儿犹如棕顶雀鹀（chipping sparrow）在树林中迷路，你到处都能看见它那浅黄色的胸脯和白色的覆尾羽。下面，在纠缠的胭脂栎（scrub oak）中间，那亮丽的黄黑草原林莺（yellow-and-black prairie warbler）轻快地飞掠而过，而红眼雀（chewink）则鸣叫着"你喝茶"那样的音符，马里兰黄喉地莺（Maryland yellowthroat）唱着"巫术——巫术——巫术"，松鸦（jay）在远处号啕着尖叫，猩额蜡嘴鹀（crimson-fronted cardinal）在密丛中发出哨音。天空中，美洲鸷（turkey buzzard）犹如冷酷的黑色飞机盘旋，绕着圈子翱翔，但始终不曾拍动一下翅膀。灰松雨燕（gray pine-swift）身侧呈现出亮丽的蓝色斑块，顺着树干上上下下，沿着倒下的木头来回疾驰。褐色的棉尾兔越过小径而跳动，每一次跳跃都会露出它们那白色粉扑状的脚。一条体形硕大的松蛇，身上呈现出赭色又混杂着褐色与白色，长着一个奇怪的尖头，穿过灌木丛缓慢爬行。那从溪流中突出来的岩石上，点缀着一排排锦龟（painted turtle）。

在这一年的黎明，地上、空中和水里都挤满了生命。生活在地下的动物也醒来了。勤劳的鼹鼠（mole），有着漂亮的皮毛和铁锹般的爪子，在不停地挖掘进行捕猎的隧洞，寻找蚯蚓来果腹。在它上面的那些潮湿之处，它的表亲星鼻鼹鼠（star-nosed mole）——鼻子上长着22根小手指，穿过苔藓层最低的部分和柔软的上层霉菌，开凿出一条条通道。

在更靠近地表之处，就在落叶形成的地毯下面，生活着那种最小的哺乳动物——它们有时候自己挖掘，有时候则利用草甸鼠和鼹鼠留下的隧洞，偶尔闪现到开阔的旷野中。在大地上所有的部族当中，在空中飞行的所有蝙蝠族类当中，或者在游弋大海、河流和湖泊的水生动物当中，没有哪种哺乳动物如此之小。从它那极小而尖细的口鼻尖，到它那细小的尾巴尖，其身长不过一个人的小指的长度，或者大约 6.3 厘米。造物主让它最小的孩子残废得很厉害，它眼盲、没有耳朵而又体形微小，然而它却每 24 小时必须猎杀并吃掉跟自己的体重相仿的血肉，由于它那奇怪而极小的身躯所拥有的功能如此凶猛而迅疾，因此即便缺乏食物 6 小时，这个盲目的杀手也会饿死，因而它必须不停地猎杀。

今天，靠近溪畔，在柔软的白沙中，它的踪迹线显现了出来，看起来就像是一串细小的感叹号。突然，从一小块布满枯叶的地上，响起了一阵长长的"沙沙"声，那声音听起来就像是一条蛇在爬行。尽管什么都看不见，但树叶却在到处起伏、移动，仿佛有什么东西在落叶地毯下向前推进。接着，中鼩鼱——我们人类给小人国[①]（Lilliput）的这个逃亡者如此命名，就闪现到外面的旷野中。它那具有光泽、丝绸般柔滑的皮毛上面呈褐色，下面呈略带白色的灰色，在两只隐藏的、看不见的眼睛和代替了耳朵的洞孔之间，

[①] 英国作家斯威夫特（1667—1745）在其代表作《格列佛游记》中虚构的国度。

有一个深深的烟灰色标记，犹如面具。它的脑袋的角度形成了具有胡须的长长的口鼻，其如此之尖，从上面俯视这种鼩鼱，它的外形看起来就像支大钢笔。它到处扭动这个灵活、柔韧的口鼻，不确定地嗅闻，因为这种鼩鼱几乎没有什么嗅觉了。事实上，它似乎把其他感官更多地交换成了两种感官——触觉和听觉的双重功能。即便是长耳朵的兔子也不能像它那样迅速探测到声音微弱的渐变，而至于它的触觉，只有蝙蝠的触觉才能媲美。这种鼩鼱就像飞行者，能探测到前面的障碍物，并且及时避开，即便是在全速奔跑的时候，它也能意识到气压中某种微妙的变化，成功地避开任何阻挡的物体。

在倒下的木头中间，在沙层、苔藓层和蕨类植物层构成的通道迷宫中，在与死神捉迷藏的大群小动物中间，没有比这种小动物——它们当中体形最微小者的速度更迅疾的了。它先在这里闪现一下，接着在稍远处出现一下，然后就消失不见了，那速度快得肉眼根本无法追踪。它很少停下来，在它罕见的暂停中，因为总体上的颜色，人们很可能将它误认为小耗子，然而，这种鼩鼱跟耗子大相径庭，就像山猫跟狼一样相去甚远：没有哪种耗子具有它那长长的、弯曲的、鳄鱼般的颚，也许嘴里长满了动物中最凶猛的进行战斗的利齿，也没有哪种耗子拥有如此惊人的颚肌肉——那在这种小野兽柔软的皮毛下突出来的肌肉。

微型杀手以一敌四,猎杀一窝草甸鼠

今天,当那只鼩鼱到处嗅闻,试图像鼬鼠或狗可能做的那样,立即确定进行追踪的那些踪迹,它那敏锐的听觉就捕捉到了某种细微的声音,那声音来自附近一个草甸鼠的地洞。于是,它开始古怪地、钻洞似的奔跑起来,而那种奔跑根本就不像鼠类的跳跃和弹跳,它很快就准确无误地来到一个狭窄的洞口,那个洞口很隐秘,几乎就隐藏在一片悬垂的黄绿色的泥炭藓(sphagnum moss)下面,它立即钻进洞口,消失在隧洞里面,在它一路凶猛地向前疾奔的同时,它那长长的、宽宽的展开的胡须在前面探路,让它迅速探知了隧洞的转弯和扭动之处,使得它能全速穿行。

隧洞中,一只年轻的草甸鼠在它前面飞也似的行进,前去跟自己家庭中的其他成员会合,而那些草甸鼠正在其贮藏冬天粮食的仓库里面,享用剩下来的便餐。那只年轻的草甸鼠听见身后响起迅疾的"啪嗒啪嗒"声和嗅闻声,便犯了一个致命的错误:它一路前往仓库——一个大型地下内室,3只成年草甸鼠正在里面享用食物。或许,它深信自己家庭的战斗力,却尚未得知对鼩鼱来说,自己的希望根本不值一提。虽然它的速度很快,但它刚刚冲进那间圆圆的屋子,追逐者便接踵而至。那间仓库很宽大,足以成为一个良好的战场,然而对这些草甸鼠来说,不幸的是,仓库只有一个出入口!

接着,一场残酷的大战便开始了。那几只草甸鼠坚守着自己的位置，四对一，而且对手只是一头盲目的小野兽，体形和体重都不及任何一只草甸鼠的一半。看起来，面对这些身体结实、圆头的草甸鼠，那只鼩鼱似乎根本没有取胜的机会，因为草甸鼠是鼠类中最佳的战士。然而，结局却毫无疑问，那只鼩鼱以不可思议的速度进行攻击，不管它的4个敌人怎么移动，都无法逃过它那敏锐的耳朵和怪异的触觉的探测。更有甚者，在整个战斗中，无时无刻不守卫着那条出路。有好几次，从那堆旋转着纠缠、扭打的躯体中，有一只草甸鼠会朝着出口跳过去，试图逃走，但始终都会撞到那个小小的盲目的死神落下来的双颚上，不得不从那死神钢铁般坚硬的身躯上弹回去。那些草甸鼠三番五次高高地跳起来，就像小小的拳击手一样，用前爪迅疾的运动把那只鼩鼱从自己这边推开，而且，它们不时地会完全跃到鼩鼱身上，跳跃之际还不断抓挠，用两对长长的弯曲的利齿猛咬对方。尽管如此，那只鼩鼱的口鼻是由坚韧的皮革状的软骨组织构成的，它那隐藏而看不见的小眼睛根本无需保护，它那厚实的皮毛和坚韧的皮肤只有长久的咬啮或抓攫才能被刺穿，而它会采用战术和策略来予以保护。战斗中，它绝不会像鼠类那样使用后腿进行攻击，却让后腿展开，牢牢地支撑着身子，脑袋和口鼻向上扬起，不断向前和向下伸出双颚，实施凶猛的撕裂性猛咬。每一次猛咬，它让至少6颗适合作战的尖牙投入战斗。这些牙齿受到脖子和双颚上的大块肌肉所驱动，可怕地、撕裂性地咬穿了鼠类薄薄的皮肤。那些草甸鼠一边移动，一边不断发出"吱吱"的尖叫，而那个小小的杀手则一声不吭，在战斗中保持着绝对的沉默。它那极小的身躯似乎拥有狂热而无穷无尽的力气和持久的耐力,在整个战斗中,始终都是鼬鼱在主动进攻,草甸鼠则被动撤退。就像浣熊一样,鼬鼱完美地平衡在四足上,能够前后移动和朝侧边躲避,且轻松自如。这只小动物迅疾地弹跳,不断想要攫住对方的喉咙,尽管如此,在纠缠而混乱的搏斗中,它始终没有忘记守卫那唯一的出路。

这场战斗围绕又围绕着仓库波澜壮阔地进行着,时间长达半小时,其间,那只鼬鼱始终让自己处于门口,挡住那些挣扎的、跳动的对手的逃生之路。吃着谷物长大的草甸鼠缺乏对手那种用血肉换来的耐力,战斗中,那只把鼬鼱引到仓库的年轻草甸鼠第一个退出战斗——在一次跳跃中,它的身子摇摇晃晃,随即倒在敌人的脚下,而那只鼬鼱长长的弯牙立即就在它的脑袋上面合拢,那残忍的牙齿"嘎吱——嘎吱"地咬进了它的大脑。

然而,这只是另一种开始。在那个小小的战斗机器自动冲击和抓挠面前,其他草甸鼠也一一倒下了,最后只剩下一只——一个浑身伤痕累累、技巧娴熟的老兵,它曾经参加过很多次战斗,而且都坚持了下来。当这只草甸鼠感到自己的力气一点点儿消失,它最后一次努力,绝望而拼死地躲开鼬鼱的一次冲击,随后便孤注一掷,想方设法将自己那两对弯牙深深地咬进对手脖子上坚韧的皮肤之中。接着,一件可怕的事情发生了:那只鼬鼱甚至没有设法去瓦解对手的猛咬,却几乎把身子对折着弯曲过来,让自己尖尖的口鼻深深地陷入对手前腿下面柔软的肌肉里。它受饥饿所驱使,火焰一般咬穿了对手的皮肤、肉体和骨头。那只草甸鼠在搏斗,那只鼩鼱则在吃肉,结果就不言而喻了,当一个依赖于4颗牙齿的战士敢于挑战另一个使用12颗牙齿的战士,结果肯定不言而喻。正当那只草甸鼠松开双颚,准备进一步咬啮的时候,它就开始踉跄起来,一头倒毙在对手的脚下。

在那间仓库里面,那只鼩鼱待了很多个日日夜夜,直到把4只草甸鼠吃得一干二净,只剩下4副整齐地折叠的皮囊和4具被吃得精光的骨架。而且,鼠类剩下来的种子食物也统统消失在鼩鼱的胃口里面。

鼩鼱与杀手鼬鼠擦身而过,逃脱鹰爪

最终在一天早晨,当太阳在松树顶上升起来的时候,那个戴着面具的小小的死神才从地洞中闪现而出,那种"啪嗒啪嗒"的冲刺跟它进去的时候一模一样,此时,它口渴难耐,便奔向附近的一条小溪解渴。就在接近溪岸的时候,它匆匆路过了它那个家族中身材较大的兄弟——短尾鼩鼱。这种鼩鼱留在沙地上的足印就像是没有盖上的隧道,充满了Z字形的爪印。尽管这两种鼩鼱都很盲目,但它们都能感觉到对方的存在。对体形较小的这只鼩鼱来说,幸运的是,短尾鼩鼱也刚刚吃饱了肚子,鼩鼱的食欲表现得很实际,即便面对有血缘关系的猎物,它们也会照捕不误。

就在这个小小的、盲目的奔跑者抵达岸边之际,它遭遇到了另一个漫游者，要是体形较小的动物遇上对方，几乎不能活下来。那个家伙可是树林的魔鬼——短尾鼬，它在大地上来来往往，到处寻觅它要吞噬的猎物，在它身后，一如既往地留下了一长串已经死去和奄奄一息的猎物。只要那纤细的身躯允许，它就会钻进每一个地洞，蛇一般蠕动着前进，而且还像死神那样迅疾而沉默地穿过柴枝堆、空心树，在树干爬上爬下，去窥探啄木鸟（woodpecker）之家的圆窗或者松鼠的巢穴。这个杀戮者将草甸鼠、鼹鼠、花栗鼠、老鼠、野兔甚至松鼠追逐至死，因为鼬鼠跟鼩鼱不一样，它完全是因为嗜血而不是因为饥饿而杀戮。

那只鼬鼠犹如某种巨大的尺蠖，呈环形状前行，直到它的路径跟那只鼩鼱的路径相互交叉，当时鼩鼱正朝着小溪"啪嗒啪嗒"地前进。然而，即便是面对这个令野生动物恐惧的魔鬼化身，那只鼩鼱也毫不畏惧，露出了它那个种族所固有的勇气，完全拒绝转向一边，给对方让路，因此它几乎擦过那个红色杀手致命的双颚。大自然中，除了盘绕的蝮蛇刺戳性的猛咬，还没有什么能快过鼬鼠的猛扑。在它的紧紧咬啮中，尽管鼩鼱具有狂热的勇气，但它再也不会有什么机会，其结局不过像人被虎鲸（killer whale）可怕的牙齿压碎。尽管如此，面对体形较大的哺乳动物，这个由残忍的、血肉构成的小不点儿也留了一手，拥有自己最后的防御手段，就在那一天，这种防御手段救了它。

正当那只鼬鼠前行之际，它就捕捉到鼩鼱皮毛上发出的一股邪恶的刺激性气味，便靠到了一边，嘴唇在利齿上向后卷曲，露出一副深表厌恶的鬼脸,于是那只鼩鼱便毫发无损地擦身而过。在一根树桩边上的一个小水湾,那只鼩鼱深深地畅饮起来,而它刚把尖尖的口鼻拉出水面,它那敏锐的听觉就捕捉到了头顶一丝细微的翅膀翻飞的声音。对于鼩鼱家族,千百万年来自空中的突然死亡留下的种种经验教训,使得这种小动物本能地做出下一个动作——仿佛这种来自头上的声波触发了某种条件反射,最初的振动传来之际,它就像青蛙那样一头扎进了水中,在岸边突出的岩石下面游动。几乎与此同时,一双抽筋似抓攫的利爪就深深地陷入了它刚刚伫立之处,在沙地上留下了一个鹰类家族的"K"字形签名符号——一只穿着浅黄褐色背心的食雀鹰(sparrow hawk)再度猛然冲上天空,一路还发出那种"基利——基利——基利"的尖叫,听起来很沮丧。

鼩鼱猎杀斑水蛇,无意中救人性命

这个小小的逃亡者沿着岸边游动,那金黄色的水中,某种很长而又蜿蜒的东西犹如一道闪电掠过了它。作为陆生动物,鼩鼱也是游泳健将,但那条斑水蛇(banded watersnake)的速度更快,超过了它所能捕食的鱼类。那条蛇如此迅速地掠过这只正在加速前进的哺乳动物,因此当它消失在一个倾斜于溪岸下面的洞孔之中,它只露出了背上模糊暗淡的褐色条纹,以及肚腹上微微闪烁的大理石红的斑点。斑涉水虽然无毒,但在它那扁平的三角形脑袋上,满嘴都是锋利的牙齿,而且它从不吝啬使用那些牙齿,因此它是一种格外活跃、强劲有力的水蛇，即便是体形较大的哺乳动物，在蛇穴中面对这样的蛇，在发起进攻之前也有充分的理由思量再三，踌躇不前。

而鼩鼱却不这样。通过水流的旋动和抽吸，它知道有什么硕大的活物经过了自己。那就够了。在它的生活中，食物意味着一切，体形和优势算不上什么。因此，那条蛇几乎还没来得及在黑暗的地洞中转过身来，它那冷冷的、从不眨动的眼睛就看见一个小小的形体，那个形体很幽暗，从水中爬出来，冲上那通往溪岸下面洞孔的长长的坡度。尽管那条水蛇身长不及60厘米，但其体形也是鼩鼱的10倍，因此这似乎是一场很不公平的战斗，就像人与从原始淤泥中诞生出来的庞大怪物之间的战斗。于是，那条水蛇将自己盘绕成一个8字形，准备好战斗，而且完全占据了种种优势：体形、体重和力气，还有居高临下的位置——因为那只鼩鼱不得不从下向上仰攻。然而，就像最初的那一窝草甸鼠，那条蛇从来就没有什么取胜的机会。当它张开双颚，触及鼩鼱那长满胡须的口鼻时，对手就突然转向，毫发之际逃脱了水蛇猛咬下来的利齿，同时伸出它那鳄鱼般的弯爪，顺着蛇的双颚的角度，紧紧地扭住了对方的大块肌肉。那条水蛇的进攻遭到了阻止，它恼羞成怒，立即凶猛地"嘶嘶"作响，迅速喷出令人作呕的恶臭，那种臭气就像腐烂的果实翻出的气味一样，是搏斗中的水蛇实施的防御手段，而且，它还不断扭动粗壮的身躯，或形成环状，或盘绕起来，将那只鼩鼱来回摔打。而那只小动物根本不为之所动，一直致命地死死扭着对方不放，用鳄鱼般的爪子在水蛇的身上越陷越深，同时，它还充分利用了那两排很长的利齿，在水蛇身上进行切割般的运动。

水蛇毕竟不是大蟒，它的洞穴沙质的侧边过于柔软、狭窄，因此使得它无法将那只鼩鼱不停地猛捣在洞壁上，从而摆脱对方死死的抓攫。但是，它一次又一次盘卷身子，试图缠绕在对手坚硬的身躯上，以便获得足够的力量来挣脱鼩鼱那惩罚性的双颚，然而每一次鼩鼱都会随之迅速运动，逃脱水蛇不断变换的环圈，却无时无刻不把牙齿更深地咬进水蛇的身躯，直到完全咬穿对方的颞肌，致使其下颚松软无力地悬吊着，再也无用。接着，那只鼩鼱丝毫不怕对手的攻击，将它那长长的弯牙从容不迫地咬进那条爬行动物的大脑，尽管那条水蛇还在不断挣扎，但越来越微弱，战斗已经结束了。

那只永远饥饿的小哺乳动物再次赢得了胜利，获得了战利品。它把那条水蛇吃得只剩下一具精光的骨架，才离开蛇穴。然后，它再次深深地畅饮，跳进水中，穿过水流游回去，天黑之后，它就在几天前潜入水中躲避鹰爪的同一片小小的岸滩登陆。然而，正当它越过林中一个开阔地匆匆赶路，一个黑暗的身形从树端上飘然而下，两只巨大的翅膀在它之上翱翔，那翅膀上柔软的绒毛抑制了声音，因此那只鼩鼱尽管听觉敏锐，也不曾听到一次拍击或者翻飞的声响。再过一秒钟，在地面之上，它所有的凶猛、勇气和迅疾都可能失效，再不会帮助它抵御那个笼罩在它身上的飞行的死神的阴影了。

就在那一瞬,从远处的落叶形成的地毯下面,隐隐约约传来一阵微弱的叽叽喳喳的音符。那只是一个声音的影子,然而一瞬间,那只鼯鼱就循着它在地下的伴侣发出的爱情鸣叫而消失了。头上响起了一只横斑林鸮(barred owl)深沉而可怕的声音,同时那只大鸟展翅飘回到树端,似乎还在为这次丢失猎物而特别沮丧。

子夜时分,小贩本·甘尼森(Ben Gunnison)来到了那只鼯鼱不久前才消失的小小的林中空地。他在旅行中试图抄捷径穿越这片荒地,于是从珀思安波夫(Perth Ambov)沿着古老的牛道前行。不过那条牛道已经有一个多世纪都没有人使用过了,起初道路还笔直而清晰地穿过油松林向前延伸,到了道博尔特拉博尔(Dobol Trabor)和米赛里山(Mount Misery)那边,牛道便开始弯曲、蜿蜒、渐渐模糊起来,等到达福迈尔(Four Mile)的时候,他完全迷路了。他背负沉重的包袱,穿过胭脂栎的密丛、长满白扁柏(white-cedar)的沼泽和纠缠的绿刺(greenthorn)前行。等他到达那个小小空地的时候,他已经累得筋疲力尽,便把包袱放在脑袋下面当枕头,躺在一棵巨大的枫香树下过夜。

就在黎明前,他突然被一阵高昂的、颤抖的、小精灵的音乐所唤醒。他睁开眼睛,看见在沉落下去的月光中,有两个小不点儿正围绕着他的包袱相互追逐又追逐,一边奔跑一边歌唱。这时突然传来"噼啪"断裂的不祥声音,于是他赶紧跳起来,而就在那一瞬,一根腐朽的树桩呼啸而下,猛然砸到了他的包袱上。如今,只要他还活着,他就会相信是那两个小精灵救了他的性命。

"闭嘴吧,"他往往会对质疑的人这样说,"我看见了它们。娇小的伙伴,身材只有耗子的一半大,它们呼唤我起来,于是我就起来了。那就是我今天还活着的原因,祝福它们。"

第 9 章　狐狸成长记

Blackcross

山谷中，生活着灰狐和红狐两家子，其中红狐构筑了一个完美之家，养育了3只幼狐。狐狸父亲很快就对孩子进行生存技巧的训练。然而在成长的过程中，一只幼狐不幸被凶猛的大雕鸮抓走，另一只则不幸丧生于剧毒的铜斑蛇之口，最后只剩下一只十字狐。在父母的精心照料、教育和带领下，这只幼狐不断成长，学会了捕猎各类猎物的技能。不仅如此，它还跟随父亲击败了前来偷猎的灰狐，并将入侵者赶回老巢。秋天，狩猎俱乐部需要一只红狐来进行狩猎活动，因而那只十字狐不幸落入陷阱，却又被释放出来，供猎人和猎犬追逐。在拼死的逃亡中，聪明的幼狐牢记父亲的教导，克服重重困难，最终突出重围，全身而退。不久之后，它就走向荒野，建立了新家……

辽阔的乡野中,完美的红狐之家

那条古老的拉文路(Raven Road)延伸了 32 公里之后,在一棵巨大的黑栎(black-oak)下面歇了下来。这里就是野生动物的天堂了。在那里,整个冬天,隐藏的泉水都让湿漉漉的草丛保持着碧绿,一年中的第一朵花穿过寒冷的地面绽放出来,光滑如象牙,其外面是一派深红色和金绿色,那弯曲的空洞的内部则显露出浓郁的深红色。然而,臭菘带着一个邪恶的名字和一种邪恶的气味,在一年的花朵队列中率先开放。

在密丛干枯的叶片中间,一群獐耳细辛那瓷器一般的花瓣显露出来,雪白、浅粉红、紫罗兰色、深紫色、丁香紫和淡紫色……在它们那边,有一小片山胡椒,它那芳香的黑色枝条折断时玻璃一般易脆,它那金色的花朵先于叶片出现。在一道土堤脚下面,那些芳香的粗枝遮住了一道深深的、无穷无尽的泉水，一股涓涓细流穿过密丛蜿蜒流淌，流进远处的沼泽地。它每向前流淌5米，就会变得越来越宽，越来越深，流过隐藏在两个浑圆的绿色山丘之间的一道小山谷后，扩宽成一片沼泽地，沼泽地里挤满芦苇和密集的野玫瑰、接骨木（elderberry）和风箱树（buttonbush），那些树木上交织着一缕缕菟丝子（dodder）——就是那种令其他植物窒息的橘黄色寄生植物。

在这条溪流旁边，有一条小径与之并行，小径还时不时会越过溪流向前延伸，这条小径被深深地践踏，扭转着出入于沼泽。小径过于狭窄，因而不可能是人类的脚走出来的，在隐藏于沼地之间和葱翠的植物下面，那些干燥的小小隆起之处延伸，任何人不可能发现它们，并如此准确地沿其而行。整条小径被践踏得很紧实，小径上的任何地方都没有显现出爪印。只有在下雪的时候，那张白雪铺开的白纸才深深地印着犹如狗爪的足迹，只不过那些足迹轮廓更鲜明、可爱，以一条直线前行，而不是朝一边叉开腿而行。那些踪迹中，也始终没有那种拖拉着爪子前行而留下的小小的犁沟。只有狐狸才会留下那种长长的直线，那里的每一个爪印都清晰地印在柔软的积雪上，仿佛是用压模按印下去的。从冷泉（Cold Spring）到达比溪（Darby Creek），这道狭窄的山谷是狐狸家族的领地。

紧靠着那道泉水，在一条条须边状的灌木丛边缘，有一个深深的地洞，那个地洞通往外面开阔的原野，却被一块岩石如此巧妙地隐藏起来，被灌木丛和深长的草丛如此完美地遮蔽起来，因此始终极少有人会怀疑有一只狡猾、年老的灰狐（gray fox）在那里生活了一生，或者生活了近 10 年的时光。它的活动范围很宽广，南边延伸到沼泽，穿过上面一群树林覆盖的小山丘和山谷延伸到北边，整个乡野都知道那里是"山岭"。

在狐狸谷（Fox Valley）的另一端，以及从蕨谷（Fern Valley）延伸到黑蛇沼泽（Blacksnake Swamp）的整个达比溪乡野，则是一家子红狐所有的活动范围。红狐的体形大于灰狐，血管中流淌着很久以前的那些英国狐狸的血——其祖先是英国狐狸，当年的殖民地总督把它们带到这片大陆上进行狩猎。除了美国狐狸的力气和体形，它们还增加了英国土地上一千代被捕猎的狐狸所拥有的种种狡猾和诡计。

这两个狐狸家庭尽管相邻而居，但多半井水不犯河水，严格地恪守在自己的活动范围内捕猎，一般不会越界，因为在狐狸国度，越界偷猎始终意味着招惹麻烦，严重时还会引发战争。而且，两个活动范围中都有丰富的兔子、3 种不同的鼠类、鸟儿、蛙类，以及狐狸赖以为生的小鹿，这些猎物足以维持它们的生活。偶尔，两个家庭的捕猎者会突袭某个遥远的农场，带回一只肥硕的母鸡、一只鸽子，或者一只家养的鸭子。这些捕猎者从来不会去劫掠附近的农场，或者连续两次前往同一个地方，因为只有愚蠢的狐狸才会在自己的活动范围内树敌，而如此愚蠢的狐狸很罕见。

在红狐的活动范围内，它们构筑了一些隐藏得极好的家。它们很少连续两个季节住在同一间房子里，因为经验教会它们长期居住在同一个巢穴，既不利于卫生也不利于安全。这一年，它们生活在干燥山腰的一片山坡上，那是一片山毛榉林的腹地。在以前漫长的岁月中，它们建造了第一个家，而在后来的居住岁月中，它们又对其进行了必要的改进和维修，直到那个家成为完整的居所，可以说任何一个狐狸家庭都会对其垂涎三尺：在这个家里，第一条地洞直径约为 23 厘米，径直朝着山腰里面延伸了大约 90 厘米，然后又沿着一块隐藏的岩石侧边急转，再往回延伸大约 6 米；各条分支走廊从主干道上延伸出去，一条通往仓库，另一条则通往掩埋巢穴产生的生活垃圾的内室，因为在野生动物当中，它们很爱干净，没有比狐狸更优秀的持家者了。在所有房间中，最后的、隐藏得最好的当然是卧室，其方圆足有 30 厘米，里面铺垫着柔软的干草。

这条隧洞的最深处，垂直的通风井延伸至山腰上，在一片浓密的灌木丛中心露头。另外还有两个主要入口，以大约 6 米长、不规则曲线挖掘而成。这两个入口在周转了一个角度之后，便与主干道相连。最后是紧急出口，这是让狐狸之家完整的最后一笔。这个紧急出口始终小心谨慎地隐藏着，除了在遭遇到重大危险的紧要关头，平常从来不会轻易使用。紧急出口隐藏在山腰上面一段距离开外，在一片须边状的灌木丛中，穿过一根高约 60 厘米的腐烂的栗树桩向下挖掘，在树根中间弯曲、蜿蜒，与狐狸睡觉的卧室相连接。在主要入口的后面，躺着一截全长 90 厘米的栗树木头，但被一片绿刺交织的密丛从山顶上遮住，这是这个狐狸家族的瞭望塔和阳光屋——从这里，它们可以俯瞰整个山谷，而遭遇危险时，它们仅仅一跳就可以钻进任何一个常规入口。

幼狐开始跟随父母学习捕猎技巧

4月初的一天，充满了阳光，也充满了柔和的春季天空的阵雨，那只老雄狐肩头上悬挂着一只棉尾兔，接近了这个巢穴。它来到主要入口，突然停了下来，抬起一只脚，一动不动地站在那里，嗅闻着来自地洞深处的一丝微弱气味。它没有钻进去，却把那只兔子放在一片开阔地的边缘便撤退了，因为按照习惯，雄狐在幼仔出生之后可能都不会进入地洞。这次雌狐产下了3只幼狐——那些盲目的、铅灰色的小宝贝，用口鼻拱动狐狸母亲的身躯，还呜咽做声，在新生的日子里，它们大约每个小时都要疯狂地吃奶。在接下来的3周，狐狸父亲要为包括自己在内的5个成员捕猎糊口，在此期间，它会承担起自己的责任，大展身手，不断捕捉红松鼠和灰松鼠、花栗鼠、鸟儿、兔子还有大量形形色色的鼠类。

幼仔们降生到这个世界上的第九天，对狐狸母亲来说，发生了一件比《独立宣言》(*Declaration of Independence*)或者《选举权修正案》(*Suffrage Amendment*)的颁布还要重要的大事——它的3只幼仔全都睁开了眼睛！12个夜晚之后，幼仔们开始了自己最初的旅程。这场旅行仅有3.6米远，却涵盖了从一个世界到另一个世界的距离。那3只尖尖的小鼻子从洞口伸出来片刻，充满好奇地窥探这个新世界，而这个新世界的屋顶是闪闪烁烁的天空，而不是潮湿的泥土，显得硕大、无边无际而又非常美丽。尽管新世界似乎有过度浪费的空气，而且并不像地下世界那样温暖、舒适，但这些新生者都对这个新世界大加赞赏。

随后，那3个小脑袋消失了，狐狸母亲钻了出来，通过它那鼻孔中奇妙的网眼辨别空气。确信一切都安全之后，它才发出野生动物那种特有的信号，召唤幼仔们出来，那种信号的音高很低，人类的耳朵根本就听不见。片刻之后，幼仔们便来到了那个充满危险、令它们喜欢的户外世界转悠了一下。它们那4条展开的长腿，还有那跟身躯不那么成比例的大脑袋，露出了小狗所拥有的那种步态笨重、吸引人的样子。与它们的小脸相比，它们宽宽的额头和竖起的耳朵显得很大。每一只幼仔轮流把脑袋转向一边，可爱地看着这个新世界。它们的背上长满柔软的毛发，小小的肚腹浑圆，似乎生来就是要诱人去轻拍和拥抱的。然而，正如它们显得顽皮且轻信那样，它们年轻的眼睛里透露出深奥的智慧和狡黠，这在任何其他动物的眼里是永远看不到的。

狐狸母亲骄傲地看着孩子。它把前一年生下的9只幼仔给遗忘了，也把很多个前一年所生下的4胞胎和6胞胎给遗忘了。在它看来，以前的那些幼仔都从来不曾像这3只幼仔这样聪明、美丽和优秀。突然，它抬高了嗓音，发出雌狐那种特别的号啕似的尖叫，那凶猛而怪异的声音一次又一次越过山冈颤栗着飘散开去，而此时有一对新近到达乡间的夏季寄宿者，正头顶月光沿着拉文路漫步，听到这个声音之后，他们便迅速返回老摩斯·巴特勒(Mose Butler)的农舍，向那个露齿微笑的主人报告，说是自己听到了豹子的尖叫。

从下面远远的达比溪，传来了那只老雄狐回应的吠叫，只是那声音中有某种突然爆炸似的性质，使得它听起来类似于狗吠。而在那种声音里面，贯穿着一种奇怪的尖叫声调，听起来仿佛某种动物在试图吠叫，却又永远没有真正学会怎样吠叫。接着，随着狐狸这种令人不安的突然性，狐狸父亲很快就第一次站在了自己的新家庭成员前面，它那狭窄的双颚中摇晃着肥硕的鼠类的身侧，猎物尾巴露了出来——它用自己狭窄的双颚聪明地交叉咬着那些鼠类，因此一次就可以搬运好几只。那只老雄狐把食物放下，一本正经地盯着它那个聚集在月光下的家庭，然后从喉咙中发出深沉而赞许的嗥叫。它的两只幼仔身披红狐幼仔那种常见的、有暗影的浅黄色外衣，然而第三只幼仔，轮廓上隐约显现出丝绒般柔软的黑色小脸、耳朵、口鼻和四腿，一道丝绸般的黑色条纹从背上延伸下来，在双肩上与另一道相似的条纹相交，那道条纹的色调渐渐变成浅红色和银灰色，而它那黑色的小尾巴尖上呈现出银色，那就是红狐家庭中有时会诞生的罕见的十字狐的典型标志。

从那天夜里，狐狸父母对这3只幼狐的训练就紧锣密鼓地开始了。狐狸父亲不再把猎物直接带往巢穴，而是将其隐藏在大约45米开外的远处，但隐藏得并不那么严密，这是要让幼仔们学会怎样去嗅闻食物的气味——新鲜的和陈腐的食物的气味，找到之后，将其从一堆堆落叶或残枝下面，甚至从厚约2.5厘米的新覆盖的泥土中掘出来。然后，它们会发出细微的嗥叫，蹲伏着身子偷偷前行，展现出极度的狡黠和凶猛，猛然扑到那只已经毫无防御能力的猎物上面。夜里，它们会跟随狐狸母亲到野外去进行狩猎之旅，前往荒凉的山腰牧草地，在那里，雌狐教会它们怎样在枯草丛中捕捉田鼠（field-mouse）。星光下，那几只幼狐会偷偷前往某一片很有希望找到鼠类的草丛，后腿伫立，远远地窥视着前方，竖起耳朵来捕捉最微弱的尖叫声，同时用眼睛机警地注意草丛中最细小的运动；它们还学会了张开爪子，闪电般地跳起来，猛扑到那始终如此轻微地搅动的草丛前面。如果它们成功，一口咬下去就会猎杀一只肥硕的、圆头短尾的草甸鼠。每天夜里，它们都越走越远，直到最终跟随狐狸母亲走遍整个活动范围，在这样的狩猎之旅中，它们都轻快地行走，迈着狐狸狩猎时那种特有的步伐，其间还频频停下来嗅闻、聆听，打探周边的动静。

　　狐狸父亲最初把它们带到了阳光之下，这对于狐狸幼仔，就像子夜的户外对人类的孩子一样陌生而奇异。狐狸父亲教会它们，当处于危险之中，要静静地伫立和不断静静地伫立——这是野生动物中最难学会的课程之一。有时候它们会遇到人类，而人类穿过树林或越过原野的临近，在幼狐们听起来声音很大，就像卡车发出的"隆隆"声对于人类的孩子一样。狐狸们蹲伏在发白的黄褐色草丛中，一动不动，看起来像一蓬草，只有受过专业训练的眼神才能发现它们的存在。

两只幼狐命丧于大雕鸮和铜斑蛇

正当幼狐们渐渐长大,变得聪明,狐狸父母能够把它们独自留在地洞中或地洞周围的时候,一把利剑落了下来。那一夜,两只老狐离开洞穴,去进行一场漫长的狩猎之旅,那样的旅行不适合幼仔们随行,因此它们留在了家里。幼狐们在洞穴周围默默地嬉戏和打闹,等着父母回来。从父母给予它们的训练中,它们得知了人类或狗的气味对于自己意味着死亡,因此一旦有任何风吹草动,它们就会钻进地洞寻求庇护。然而,此时它们都还不知道提防来自空中的影子,那个影子沉默地飘动,越来越接近洞穴,很可能暗藏着危险。突然,那个影子落了下来,似乎遮住了距离地洞最远的那只稻草色幼狐,它刚发出一声可怕的嘶叫,一双钢铁般坚硬的利爪就将它死死攫住,穿过它那柔软的皮毛刺入心脏,一秒钟之后,那个小小的身躯就随着那个影子迅速腾空而起,消失在黑暗中。几分钟后,从远处的一片树丛中,就传来了大雕鸮发出的那种深沉而险恶的"呜——呜——呜"的鸣叫。

死神一旦找到狐狸一家子,便不会轻易罢手。一天早晨,体形最大的那只幼狐醒来,没等父亲到来,也没有唤醒在洞穴卧室中蜷曲着熟睡在一起的其余家庭成员,便决定自个儿到阳光下去溜达一番。那只幼狐偷偷溜出了主要地洞,很聪明地嗅闻空气,一副深沉思考的神态,从起皱的眉毛下面仔细打量着地形。起初,它沿着一条弯弯曲曲的小径前行,穿过一小部分林地,狐狸母亲以前在夜里带着它去过一次那里。它在那里没有发现猎物，就离开了小径，爬上一片岩石嶙峋的山坡，山坡的一部分地面覆盖着灌木和树木。行进途中，一块小小的突岩在它前面凸出来，就在拐过那块突岩之际，它猛然听到了一阵低沉的"嘶嘶"声——正前方，有一条呈现出榛子那种褐色的蛇，盘绕成一个不规则的环状躺在那里，那条蛇的身上点缀着浓郁的迟钝的Y字形栗色斑点，脑袋和脖子则呈锈铜色。

那条铜斑蛇的眼睛没有眼睑，却有奇怪的椭圆形瞳孔——那是致命的蝮蛇的典型特征。那只幼狐朝着那致命的眼睛盯了一秒，但就在那一瞬间，那条蛇大大地张开了残忍的双颚，上颚上两颗可移动的毒牙犹如细小的矛头展开，那蛇头毫不犹豫地射过来，一下子用致命的弯曲的毒牙深深地刺进幼狐柔软的身侧。幼狐的喉咙里发出凶猛的嗥叫，利齿咬穿了那条蛇的脊椎，然而正当它合上双颚，那致命的毒素便触及了它生命的潮汐，它一头向前栽了下去。

野生动物没有眼泪，也不会像人类那样用啜泣和哀号来表露悲伤。然而，当两只老狐追踪丧失的幼仔的踪迹，在幼狐那柔软的尸体旁边迟迟不去的时候，它们内心都充满了某种无声的绝望，流露出了我们的小兄弟对孩子的爱，那种爱类似我们人类的爱。此后，两只老狐便付出了所有的警戒、爱心还有希望，把所有的心血全都集中在那只背部有黑十字的幼狐身上。狐狸母亲日日夜夜守护着它，狐狸父亲日日夜夜都教育它、训练它，直到它掌握了狐狸种族的很多知识。它先后学会了捕捉鸟类、鼠类、蛙类和松鼠，甚至还有听觉灵敏的棉尾兔——这种野兔的眼睛能向前看，也能向后看，但依然难以逃脱那只幼狐的追击。更重要的是，它还学会了谨慎和深谋远虑，在冰雪覆盖了狐狸的众多食物的时候，这样的课程会让它们继续活下去。有一次，当它跟随狐狸父亲前往一片牧草地，狐狸父亲像指示犬那样停了下来，一动不动地伫立在那里，把一只丝绒般的黑色前脚抬起来弯在空中，同时伸出口鼻去嗅闻最微弱的温暖气味，那种气味似乎是从一丛纠缠的枯草中飘出来的。只见老狐像一个影子那样偷偷前行，突然一跃而起，猛扑在那蓬草上，就在它落下去之前，一只肥硕的鹌鹑（quail）便像一颗子弹"嗡嗡"地飞出了遮盖的草丛，却在半空中被老狐抓住。原来，在那蓬草的须边之下，隐藏着一个浑圆的鸟巢，里面盛满了两端尖尖的、纯白的鸟蛋。

吃完那只鹌鹑，老雄狐便小心翼翼地搬走了那些鸟蛋，将其隐藏在一层层潮湿的苔藓下面——鸟蛋可以无限期地保存在那里，以备将来饥荒的日子里不时之需。

"黑十字"随父亲驱逐入侵的灰狐

另一天，那只幼狐目睹了捕猎中团队力量发挥的优势。那天，两只老狐在一起捕猎，"黑十字"像往常一样尾随父母观战。靠近一片辽阔的原野中央，一群双领鸻正在喧哗着进食，那些鸻白色的脖子上有两道环圈。两只老狐一动不动地伫立了片刻，盯着远处的鸟儿。然后，狐狸母亲没有发出一丝声响就转过身去了，环绕着那片土地迂回出一个大圈，只一瞬就从"黑十字"视线中消失了。狐狸父亲则静静地躺了几分钟，把它那聪明的脑袋搁放在前爪上，然后，就在"黑十字"待在后面的时候，那只老狐开始故意朝着那群进食的鸟儿走去，途中不时会停下来，高高地跃进空中，还来回疾走，挥舞它那条招摇的尾巴，蹦蹦跳跳地嬉戏，渐渐地距离那群鸟儿越来越近。

双领鸻尽管高声喧哗，却也非常聪明，它们见狐狸父亲靠近，便朝着那片牧草地的尽头撤退，越走越远，如果老狐靠得太近，它们就准备好随时拍动狭长的翅膀迅速起飞，跃进空中，但它们进食的同时，显然又对老狐的滑稽动作很感兴趣。于是，那只嬉戏、腾跃的狐狸渐渐向前移动，将那群鸟儿完全挤过那片土地，直到它们靠近一片密丛，而那里位于那片土地和较远处的一小片树林之间。紧接着，那只老狐又进一步卖力地表演，不断腾跃、弹跳、一次次滚动，同时，它那条毛茸茸的尾巴羽毛一般，在深长的草丛上露出来，那群鸟儿见状，停下进食，很好奇地看着它的一举一动。

正当整个鸟群的注意力都集中在那只表演的老狐身上，旁边的密丛中突然响起一阵"沙沙"声，说时迟那时快，只见一个黄褐色的形体闪电般冲了出来，那群鸟儿怔了一下，还没来得及跃进空中，狐狸母亲就用牙齿咬住了其中一只鸟儿，还挥舞爪子，击落了另一只。

又一天早晨，"黑十字"得知了在邻居的禁猎区里偷猎会有什么下场。那天，天刚蒙蒙亮，它就跟随父亲沿着那道山谷的上端大步慢跑。突然，狐狸父亲背上的毛发竖了起来，并轻轻地发出了一声颤鸣的嗥叫。原来，就在它的前面，在由一代红狐的脚掌践踏出来的小径上，那只原本居住在冷泉的老灰狐一路小跑而来，肩头上还悬晃着一只死去的棉尾兔——那个偷猎者被捉了个现形。老红狐见状，怒不可遏，又发出一声嗥叫，猛然扑向偷猎者。那只灰狐距离自己的地洞有1.6公里之遥，而且知道红狐的奔跑速度能超过自己，便决定不惜一战来保住战利品。于是，它迅速摆动脑袋，把那只死兔子抛进附近的灌木丛中，接着便竖起背上的毛发，全神贯注地等待对方进攻。

就这样，两只狐狸像狗一样僵直着腿行走，喉咙里还发出深深的嗥叫，直到它们相互倾斜着身子对峙，开始激烈的争吵。最后，那只老红狐像狼那样猛咬对手的前腿，那只灰狐则垂下脑袋，两只狐狸露出的牙齿"咔嗒"作响地碰撞到了一起。接着，红狐再次率先进攻，也同样遭到了对方的阻挡。第三次，老红狐采取了策略，先是进行佯攻，当对手垂下脑袋，它就飞快转动，拖着尾巴扫动，眼花缭乱而又如此猛烈地鞭笞灰狐的眼睛，灰狐还没来得及反应，红狐那狭长的双颚就咬到了位于它后腿上面一点儿的柔软的肌肉。在这样的情形之下，狼可能会咬断对手的腿筋，并从容不迫地将其杀戮，而狐狸之战则讲究一定的规矩，很少搏斗至死。当那只老灰狐感到对手那撕裂性的牙齿刺穿了自己柔软的皮肤时，便发出短促的痛苦尖叫，竭力让自己挣脱对手，全速向老巢逃去。红狐追逐了大约 180 米，其行动之迅速，使得它好几次设法咬住了逃跑者那并无防护的腰腿部，每一次猛咬，那只飞速逃走的灰狐都痛得发出尖叫，那音符很高、尖颤、悲伤，像是小狗受伤时发出来的。狐狸父亲得胜归来，找到战利品的时候，"黑十字"只能看见那个败落者像一道灰色的条纹，迅速奔向冷泉。

"黑十字"不幸落入老猎人的陷阱

幼狐的身体完全发育成熟时，它就随着两只老狐在野外越走越远，熟悉地掌握了活动范围中所有的隐身地和扎营地，以及怎样在熊熊的阳光下在某片荒芜的土地上熟睡。而在全世界看来，它都只是一蓬有些发黑的黄褐色的草丛，如果它在白天狩猎，在夜里睡觉，它发现自己的背上盖着一条毯子，即便是在最寒冷的夜里也可以为其保暖。至于它那没有保护的鼻子、4 只脚掌，则被它暖暖地裹在它那粗大、柔软的尾巴中，那条尾巴毛蓬蓬的，犹如地毯，非常保暖。到霜降来临的时候，它身上的毛就长得很长，很光滑，很美丽，具有午夜那种黑丝绒般的十字，而那种黑色的周围，则呈现出古金色、银色和略带黄色的粉红色，而且它那黑色的尾巴高高地挥舞，犹如一大片尖端呈白色的羽毛。

死神随着霜降而来，其具体形态表现为陷阱、猎犬和猎人。狐狸父亲早就教会了它怎样去逃避这一切。很多年前，老狐曾经生活在荒凉的巴拉克山上的众多山冈那边，而在那里，迪安一家、布莱克斯利一家、豪一家、贝利一家和里德一家拥有遥远的山丘乡野。老弗雷德·迪安（Fred Dean）也生活在那里，他常常为自己收获的野生动物和农场上家养的动物而感到骄傲。他不仅能制作世界上最洁白、最甜蜜的槭糖，还收获山胡桃、栗子、白胡桃（butternut）、榛子等坚果。然而，他收获的动物皮毛最为有利可图——这个老头知道怎样巧妙地设置陷阱，去捕捉狐狸、浣熊、臭鼬、麝鼠和水貂。

狐狸父亲生活的第二年，不幸落入了弗雷德狡猾地设置的陷阱——那个陷阱巧妙地安置在积雪之中，上面还有牛群那迷宫般的足迹——那是狐狸几乎不会怀疑的危险。它从那死死咬着自己脚的钢夹之颚中，想方设法摆脱了出来，却付出了4根爪子的代价，从此以后，它得知人类或者钢铁的气味意味着死亡的来临。那次惨痛的教训始终未让它忘怀，因此它教会"黑十字"一定要畏惧人类或钢铁的气味，哪怕是最微弱的气味，也要小心翼翼地避开。至于狗，那只老狐则这样教孩子：在上山的路程中或深草区，狗无法赶上狐狸；流沙和流水是狐狸的朋友，因为它们不会留下狐狸的气味，因而狗无法闻到、追踪。它还完全教会了"黑十字"在活动范围中去截断、跳跃、回跑，最后还教给它那珍爱的要塞——作为最后的依靠，它可以在那里避难。

当面对猎人，那只幼狐就不得不冒险一试，碰碰运气。在最后的分析中，人的大脑可以智胜狐狸的大脑。当深红色和金色的霜降之火渐渐熄灭，变成深秋的赤褐色，狐狸一家子就处于最大的危险之中，因为此时拉文狩猎俱乐部（Raven Hunt Club）需要一只狐狸来进行狩猎活动。在这样的活动中，男人们三次极度仔细地穿着打扮，穿上那奇妙的猩红色外衣和闪亮的长筒靴，女人们则穿着舒适的马裤，带上极不舒适的硬领，他们全都策马跳越栅栏，涉过小溪，冲过密丛，却始终没能发现一只狐狸——原来，狐狸谷中的狐狸居民听到他们的动静，早就销声匿迹，安全地躲藏了起来。实际上，他们的最后一次狩猎，不过是骑马驱使猎犬循着人工嗅迹的追猎而已，那群猎犬很多个时辰都在追踪一袋茴香（anise）——在前一天，一个睡眼惺忪的马童或者一个身体状态不佳的猎人拖着那袋茴香穿过树林，越过原野。但是，在这样的狩猎中，首先你不能面对一袋茴香跨上马蹬和叫喊"呔嗬！"或"溜掉！"或任何其他适当的狩猎用语；其次，在这样的狩猎结束时，猎犬们也没有任何猎物可以撕咬和猎杀，也不能砍断一根小树枝作为战利品，因为茴香袋上没有任何枝条。

距离感恩节（Thanksgiving）还不到两周了，此时拉文狩猎俱乐部感到越来越紧迫，需要立即获得一只活着的狐狸，来为这种狩猎助兴。因此，俱乐部悬赏50美元来获得一只活着的红狐，他们不要灰狐，因为灰狐喜欢安全地躲藏在地洞中，而不是奔逃、被猎杀。在一周的时间里，农夫的男孩们在狐狸谷周边好多公里的范围内拼命地设置陷阱，结果一无所获。狐狸父亲那4根脚趾可不是白白付出的。无奈之下，俱乐部只好派人去请弗雷德·迪安出马。此后，在一天夜里，"黑十字"外出捕猎，在越过山顶上的一片牧草地的时候，它注意到了一条新近翻耕过的犁沟，那条犁沟很长，径直越过田野而朝着远处延伸，里面塞满了从废弃的谷仓中拿来的陈旧谷壳，谷壳充满了令"黑十字"非常愉快的鼠类气味。于是，那只幼狐沿着犁沟，穿过那些乱糟糟的东西，一路嗅着前进，随时准备猛扑到可能冲出来的第一只耗子身上，而就在此时，随着一声"咔嗒"的猛咬，"黑十字"那纤细的黑色口鼻便被死死地夹住了。第二天早晨，那个年老的设置陷阱捕猎者来到现场，发现它已经奄奄一息，便将它带回家关起来。当他看见自己捕获了一只十字狐，便开口向狩猎俱乐部组委会要价100美元，而不是原来悬赏的50美元。于是，组委会获得了那只幼狐，并广为宣传说感恩节的狩猎将追逐一只罕见的狐狸——以前在人们的记忆中，从来不曾狩猎过这样的狐狸。

"黑十字"拼死逃脱猎人和猎犬的追逐

那个假日原来是罕见而飞逝的小阳春日子之一，是秋天从它的姐妹春季那里借来的。那群猎犬情绪高昂，那些马和猎人身强体壮，狩猎的早餐也美味可口，每个人都在感恩——除了那只颤栗的小狐狸，因为很多天它都被关在肮脏的铁丝笼子里面，吃腐坏的肉，喝变馊的水，因为那天夜里落入了陷阱，也因为缺乏锻炼，它的身体非常僵硬而疼痛。感恩节一大早，太阳刚刚升起，它就被塞进一只袋子，然后在猎犬前面的两块土地那边被释放。当它迅速射入阳光之中，立即响起了一阵齐声的欢叫、呐喊、吠叫，一群男人、女人、马和猎犬飞速迸发而出。

那只幼狐奔逃之际，它的四条腿在身子下面摇摇晃晃。而且，乡野周边大约 1.6 公里都是平地，根本没有躲避之处，因此，当它越过第一片土地，那群猎犬已经在较远的那道墙边了，要是老狐以前不曾把躲避技巧教给它，那些猎犬肯定会在第三片土地赶上它。那片牧草地倾斜着上升到一道沙堤，犹如一道巨大的新月形切口在草皮中露出来，那只狐狸跳跃到沙堤的侧边，像一只苍蝇一样坚持着紧靠在那里，在其侧边急匆匆地前进，跳过较远处的那道石墙，一路奔向狐狸谷的密丛。流沙没有留下它的足迹或气味，而正当那群猎犬为失去的狐狸踪迹困惑不已的时候，"黑十字"已经顺利地抵达了最近的一处密丛避难所。

它上下山丘，越过沼泽，穿过纠缠的林下灌丛，折返、停止、转折、扭转……尽管如此，拉文狩猎俱乐部一直吹嘘的这个州里最好的猎狐犬群不断追击而来，相反，"黑十字"此时既没有力气也没有忍耐力进行长途奔跑，它的步伐越来越慢，而猎犬的铃铛声和猎人的叫喊声则始终越来越近，越来越高。

就在此时，那只深受猎犬困扰和威胁的狐狸看到了希望——山谷中隐藏得最好的狐狸要塞就在面前隐隐地出现。看起来，山腰上似乎只有一片无法穿过的纠缠的绿刺，这种藤蔓的茎梗犹如纤细的绿色铁丝，到处布满了那种向上弯曲的蒺藜，人和野兽都无法强行穿过。一根倒下的光秃的栗树穿过这样纠缠的绿刺中央，刚好在那些长满蒺藜的藤蔓上露出来。当那群猎犬在山脚下快速奔上那有林木拦路的小道时，那只小狐狸已经跑过了那根木头，鼓足剩下的最后一点儿力气，远远地跃过了藤蔓和蒺藜交织的纠缠之物，在那里一棵小小的白松下面，无数光滑的松针在密丛中铺就了一个小岛。那只狐狸再从那里跃过一片狭窄的绿刺带，跳到了一大片野生忍冬（honeysuckle）之中，那些忍冬具有光泽的叶片和弯曲的藤蔓之干，犹如地毯一般覆盖着山丘，在那个地点厚达 60 厘米。那只幼狐越过那柔软的表面匆匆奔逃，直到抵达藤蔓中的下一条小隧洞似的通道入口，那条通道被垂下的叶片遮住，完全看不见。穿过这条隧洞，它在那绿色地毯下面无声地向前匍匐，直到抵达一条地洞的入口——那个地洞远远地通往山腰上面，至少拥有 3 个隐蔽得极好的出口。

足足一个小时，那群猎犬和猎人还有马匹都来来往往，久久地环绕、搜索，穿过密丛来回践踏，尽可能强行深入那片纠缠的绿刺，但是，他们都没有找到已然消失的狐狸踪迹。他们很沮丧：白白花了 100 美元，却什么也没能猎杀。因此，大家都一致认为这是一个好日子的最不好的结局——每个人都这样认为，当然除了那只幼狐。

"黑十字"走向荒野，建立新家

随着一个又一个月逝去，"黑十字"越来越依靠自己外出捕猎，而且它也不会使用家里的任何巢穴了。它之所以这样做，一部分原因是积雪会留下泄密的踪迹——任何猎人都能解读出来，另一部分原因是两只老狐对它的态度有了变化。野生动物在孩子完全发育成熟之后，父母的爱和呵护就会停止。造物主之所以会有这样的计划，一部分原因是为了将各个物种的家庭分散到各处，防止发生削弱物种繁衍的近亲繁殖。最终，当狐狸母亲不再允许"黑十字"自由进出它所诞生的巢穴，当狐狸父亲在遇到它搬运猎物时喉咙里会发出嗥叫，这样的时刻就来临了。

接着，狐狸在2月爱情之月出现在天空上，有某种东西把"黑十字"远远地驱赶到原野上——那是一种呼唤而且鸣叫的东西，让它无法睡觉的东西，甚至是夺走了它对成功狩猎的兴趣和欢乐的东西。此时，它只得一路前行，翻山越岭，穿过蕨谷，前往黑蛇沼泽那边，它终于找到了一道荒凉的山谷，山谷四面环绕着陡峭的山坡，没有任何狐狸居住。在其中一座山丘顶上，伫立着一个被遗弃的干草垛，那是某个不太节俭的农夫多年以前留下的，历经日晒雨淋而显得如此发白，因此作为干草已经毫无用处了，却成了狐狸安家的理想场所。在这个干草垛下面，"黑十字"挖掘了一个家，这个家有很多入口，全都被悬在上面的干草巧妙地隐藏了起来。除了远在地面之下的那些隧洞和房间，它还穿过这个干草垛的中心，挖掘了一连串隧道和房间，任其使用。

最后，这个家几乎建造完成了，但实际上还没有全部完成。一夜又一夜，这只年轻的狐狸站在山丘顶上吠叫，发出一种断奏似的锐利的尖叫，在 1.6 公里之外的遥远之处都能听到。然后，圆月之夜就来临了。没有积雪，头顶清新的空气中，猎户座、天兔座、大犬座（Great Dog）、小犬座（Little Dog）以及冬天的其他所有强有力的星座都在旋转。在群星的光泽和闪烁之下，穿过寂静的月光，"黑十字"不断吠叫，那声音朝着四面八方回荡、鸣响，直到最终获得了一个奇怪的、音调很高的号啕声的回应，而对于"黑十字"来说，那个声音包含着天地间所有的魔术和音乐，具有十足的吸引力。那个声音越来越近，直到最后，在月光下，一个纤细的黄褐色身影偷偷溜到了干草垛上面。那黑色的口鼻和黄褐色的口鼻接触了片刻，然后，"黑十字"就转过身去，消失在它的地洞的一个入口下面，那个新来的陌生者紧随其后。就这样，"黑十字"的家终于完整了。

第 10 章　海獭脱险记

Sea Otter

在靠近阿拉斯加海岸的海藻生长地，海獭母亲产下幼仔。这里貌似平静，实则危机四伏。一天，一只凶猛的雕鸮突然从天而降，企图攫走海獭幼仔，而海獭母亲抱着孩子迅速潜入水中，躲过一劫。在这片海藻间，海獭母亲训练幼仔，捕食海鲈、大蛤、螃蟹甚至海胆，然而就在捕猎鳕鱼之际，一条大鲨鱼突然横冲过来，企图吞食海獭母亲，但海獭母亲临危不惧，一边迅速游动，一边与鲨鱼不断周旋，一次次差点儿命丧鲨口……紧要关头，海獭父亲挺身而出，凭借勇敢和机智，咬残了大鲨鱼，帮助妻儿成功逃脱。不久，北极的冬天来临，风暴四起，海獭猎人又蠢蠢欲动，企图猎取它们的皮毛，因此这一家子不得不到处迁徙，寻找避难所……

白令海上，海藻上的新生海獭幼仔

北极短暂的夏天将花朵抛掷在西伯利亚海岸的冰川中间，犹如把多彩的宝石镶嵌在水晶里面。一群群各类贼鸥（skua，jaeger）、侏海雀（little auk）在海峡碧绿的烟波上不断盘旋、尖叫，在距离岸边远远的海面上，一大片生长的海藻不断扭动、摇荡，看上去宛若一大群金褐色的海蛇（sea snake）拥挤在一起。

在那里，以那些摇曳的海藻梗茎为摇篮，一个水的婴儿诞生了。这个婴儿有一个小鼻子，顶上有一个肉垫，这个肉垫使得它看起来就像黑桃 A，它那浑圆的钝形脑袋呈现出暗淡的白色，而在它其余 38 厘米的身上，覆盖着一件松弛的、卷曲的灰褐色外衣，那件粗糙的外衣表面，长着仿佛喷洒出来一般的白色长毛，还覆盖着丝绒般的内部皮毛，在将来，那种内部皮毛很有希望展现出光辉。

尽管这只小小幼仔的外表微不足道,它却具有海獭(sea otter)高贵的血统——海獭是皮毛动物之王,它身穿的外衣就是财富,因此它在生活中无时无刻不遭到死神的追踪。在1741年,维他斯·白令①(Vitus Behring)及其船员在那片如今以他命名的海域中遇难,他们在一个荒岛周围拍岸的海浪中和滩涂上,发现了海獭的身影。当他们成功地回到亚洲大陆,狡猾而聪明的中国人付出大量白银,购买这种光泽、柔滑、耐用的新皮毛——那些水手将其当作外衣和毯子使用。在俄罗斯,这种皮毛等同于大量的黄金,地位甚至高于当地高贵的紫貂(sable)皮,只有沙皇及其手下的王公贵族才有可能穿上。今天,海獭皮的价值已经等同于铂和钯那样的贵金属了。

这个最后出生的小王子很聪明,很快就学会了怎样仰卧着浮在水面上,将圆圆的小脑袋恰好露出海藻。然而,在很大程度上,它都生活在母亲紧抱着的手臂之中,被裹在母亲皮毛那丝绸般的褶皱之中,当它用口鼻拱动,靠在母亲温暖的胸脯上吃奶,轻轻发出快乐的唰啾声和满足的呼噜声时,它就很像是人类的婴儿。

今天,当这对母子在摇荡的水中来回摇摆时,铺展在它们面前的海藻形成的地毯突然就分开了——几米开外,一个巨大的、钝形的、畸形的脑袋从水下伸到空气之中。那个脑袋上,有一双位于颅骨高处的小眼睛,耳朵在那咧开而笑的嘴巴下面露了出来,

---

① 丹麦探险家(1681—1741),白令海峡的发现者。

那张嘴巴里长满了并不锋利的牙齿——犹如被水流磨损的白色鹅卵石，而这正是海獭的典型特征。

这个新来者正是海獭父亲，它来仔细审视儿子和继承者。它没有过于靠近自己的家庭，因为海獭母亲甚至不允许它的伴侣过于靠近新生幼仔。当雄海獭在海藻筏子上伸展四肢，它那圆柱形的身躯就在阳光下闪烁出一派乌黑和银白，身体显得几乎跟人类的身子一样长，体重也许达到了57公斤左右。然而，正是这样的大海獭的皮，给它烙上了它当之无愧的大海之王的印记。在水上，它显得轻盈而具有光泽，内部皮毛有一种犹如丝绒的密集的毛，上面还覆盖着白色的长毛，露出银紫的色调，透过那些长长的、松弛的褶皱而闪耀。

那只老雄海獭一本正经，打量了伴侣和新生的孩子好一阵儿，露出了赞许的表情。然后，它就开始扫视海面、天空和海藻，用一对最敏锐的耳朵聆听了一阵儿——它的听觉非常灵敏，始终守护着这种野生动物的生命，同时，它用一双可以嗅到1.6公里之外的烟的鼻孔来辨别空气，因为对于所有的野生动物，烟都是危险信号，意味着有人类这个杀手出现。此刻，它没有闻到危险信号，很快就消失在水下，去寻觅它那生机勃勃的身躯不断需要填充的食物了。

雄海獭消失之后，海獭母亲久久地凝望着，焦虑地审视海平线，寻找可能出现的最微小的危险信号。终于，它确信一切都很安全，没有任何危险，才让自己伸展开来，躺在那缓慢摇荡的海藻上，享受短暂而宁静的欢乐时光，在它这类长期遭到捕猎的动物的生活中，也会有这样的时光，不过很少。当幼仔紧紧地依偎在它那柔软的皮毛上，它就把一颗海藻球茎高高地抛进空中，先是伸出一只赤裸的小前掌，然后又伸出另一只小前掌，就像接球一样将其稳稳地接住，与此同时，它唱起了那种所有小海獭都知道的摇篮曲，在那片孤寂的海域中央，它犹如鸟儿那样高声尖颤地啁啾、鸣啭，一边歌唱，一边紧紧地抓住它那昏然欲睡的婴儿。

海獭母子逃脱雕鸮的突袭

尽管附近看起来似乎没有什么活动之物，然而死神却绝不会远离海獭。从远处的半空中，有一缕看起来像是云的东西正在飘向大海。那是一只被饥饿驱赶南下的雕鸮（eagle owl）在展翅飞翔，它一身浅黄、灰白与褐色，从亚洲飞越白令海峡前往美洲。跟它那些凶猛的家族成员所不同的是，它习惯在白天捕猎。比起那个黑暗中的死神——大雕鸮，还有生活在北方的那个凶猛的白色幽灵——雪鸮（snowy owl），它的体形更大，此时，它朝着那片海藻生长地轻轻地扫掠下来，它那圆圆的、固定的眼睛在阳光下闪烁着红色的凶光；它那对巨大的翅膀，尽管翼展几乎达到了1.5米，却因为有最柔软的绒毛的抑制，因此拍动时绝不会发出声音。

还没等到那只大鸟的影子像死神一样落到海獭幼仔身上，海獭母亲就探测到了最微弱的警告。那个时候，对任何其他想要逃走的动物来说都为时已晚。尽管如此，陆地上或者海洋中的动物都无法像海獭那样敏捷地潜下去。因此，就在那双弯曲的利爪合拢的时候，海獭母亲犹如某种流体，没有一丝溅落的声音，就紧紧抓住幼仔穿过海藻滑进了水中，深深地潜了下去。与此同时，头上那只遭受挫折的猫头鹰伸出嘴喙，犹如射来的手枪子弹猛咬了一下，接着继续飞向阿拉斯加海岸。

海獭母亲穿过摇曳、纠缠的海藻丛，犹如一条鳗鱼（eel）朝下面游去，直到完全穿过这片漂浮海藻之床——海藻这种海洋生长物很奇异，它的根不在水下，却生长在空气中。下面的水渐渐变得黑暗，当它接近海底，一个形体在它前面闪过，发出所有北方海洋中的居住者似乎都有的那种磷光。那只海獭认出那个发光的形体是一条海鲈（sea bass），人们几乎无法把它从生活在淡水中的那种小嘴巴的黑鲈（black bass）中分辨出来。尽管那条海鲈是游泳健将，然而那只海獭那有蹼的长腿桨一般轮换着扭动，驱动它的身体迅速穿过水域，尽管幼仔依附在身上，它也很快就追上了那条鱼，遵循猎物的每一次扭动和转折，不到一分钟就捕住了那条鱼。然后，它紧紧咬住那条肥硕的鱼，穿过海藻再次游上来，在水面饱餐一顿，尽管如此，它一刻也没有放松孩子，海洋动物的幼仔即使离开母亲一小会儿，哪怕是漫游到仅仅几米开外，都很可能一去不返。

吃完这一餐，海獭母亲便爬到了一块恰好冒出海藻丛的岩石尖之上。这种动物原本在水中灵活、迅疾的优雅姿态，立即就变得最为缓慢、笨拙：那有蹼的、鸭脚板似的后腿，本来能迅速地驱动它穿过水域，如今在陆地上却几乎没什么用处，它那细小的前爪也如此之短，因此看起来根本就没有腕部。它缓慢而痛苦地摇摇摆摆爬上岩石，在那里，它犹如猫一样梳理、清洁和舔舐身上的每一寸皮毛，直到它在阳光下犹如一块黑色的蛋白石闪耀。

随着几周的时光逝去，海獭幼仔接受了熟悉大海的培训课程。它学会了享受海藻嫩苗的色拉，学会了跟母亲一起潜到浅浅的海底，观察母亲咬穿西北部海域中的大蛤——那种双壳类动物宽达30厘米，或者观看它用那鹅卵石般的牙齿"嘎吱嘎吱"地咬动，咬进那些海域中硕大的、穿着铠甲的螃蟹的白色的肉。它最喜欢的另一种食物是海胆——海中的栗子刺果。海胆受到那钢一般的脊梁上那种树篱状长刺的保护，可以安全地避开任何攻击。然而，正如陆地上的松鼠可以打开真正的栗子刺果而不受伤，那只海獭也学会了安全地解开这只小小的海洋刺果皮肤上的组合之锁，津津有味地吞食自己所能找到的每一只海胆。

海獭母亲拼死逃脱大鲨鱼的追捕

随着几周的时光逝去，贮藏在这片海藻生长地的食物开始慢慢耗尽，海蛤生产地被剥得精光，海胆也消失殆尽，而鱼类则学会了远远避开那里。因此，海獭母亲不得不从海藻中的安全之地出来，渐渐朝着越来越远的地方捕猎，直到有一天，它受饥饿驱使，追踪一条鳕鱼（pollock）前往外面开阔的海域，那条闪烁的大鱼银色的身侧上有黑线，游得又远又快。然而，要是那只海獭不被依附在身上的幼仔所拖累，那么这场追逐战可能很快就结束了。实际上，它离开海藻足足有 400 来米，费了好一些力气才赶上那条逃逸的鱼。那条鱼为了躲避追逐，拼死游进更低层的水域，直到水波原本单调的绿色变成了黑色，但那只海獭堪称海中鼬鼠，始终紧追不舍，一路循着那条鱼留下的磷光闪烁的尾迹追踪而去。

正当那条鳕鱼潜入更深处，希望那里的强大水压能将追逐者驱赶回去，一个可怕得非常荒诞的脑袋突然出现了，在它的路径上的黑暗之中伸了出来。那个形体黝黑，犹如橡胶一样闪烁，多么类似一柄双头的大锤！在那个活跃的大锤脑袋的两边，还闪烁着一只淡绿色的、恶毒的眼睛，那条鳕鱼还没来得及冲向一边，那条长着大锤状脑袋的巨形鲨鱼就稍稍转折身体，只见它锋利的牙齿一闪，那条逃逸的鱼就瞬间消失不见了。

一秒钟之后，那个有着隆凸线条、长约 4.6 米的灰色身躯就朝着海獭射了过去，那速度之快，以至于它那弯刀状的侧鳍划过之际，水波都清晰地发出了"嘶嘶"声。尽管海獭是哺乳动物中最迅疾的游泳健将之一，但在海中，还没有哪种呼吸空气的动物能在速度上跟鲨鱼媲美。几乎一瞬间，那个大锤脑袋就来到了它上面。所有鲨鱼的颚都长在身体下面，因此要咬住猎物，就必须翻转身子，而正是这个物种的这一特性拯救了那只海獭。那个残忍的脑袋在海獭上面笼罩了一秒，然后它就扭动那状若锚爪的长尾巴，翻转过身子，张开血盆大口——那嘴里武装着 6 排 2.5 厘米长、钢一般锋利的三角形牙齿，那些牙齿上都有锯齿，每一颗牙齿还朝着后面的咽喉处弯曲，因此，任何猎物一旦被咬住，就再无脱生的希望，就像被卡进了碎石机那种联锁的钝齿轮之中。

那个死神之颚大大张开、正要吞噬海獭之际，海獭迅速扭动身躯，闪到了一边，而同时，海獭幼仔在它的怀抱中呜咽起来。鲨鱼致命的牙齿刚好擦过海獭那拖曳的、鸭脚板似的后腿，那距离如此之近，以至于那些牙齿刚好在它的身后猛咬了下来。海獭在鲨鱼巨大的体积下面急转，开始为生死拼命而战。然而，鲨鱼每一尺貌似憔悴、被剥皮般的身躯都是为速度而构造的，在它那单调的乌青色皮肤下面的任何地方，没有一根骨头，只有坚韧的、弹簧一般的软骨组织构成的环圈、长条状物和圆柱状物，这样的构造使得它能够犹如一块淬过火的灰钢刀锋切过水域。随着鱼类特有的冲刺，那个残忍的形体迅速紧追逃逸的海獭，而此时，海獭只有一个优势，那就是身长：相比鲨鱼那4.6米的身躯，海獭1.8米的身体转身所需的时间要少得多——在直线追逐中，鲨鱼仅仅几秒就会赶上海獭，然而要是进行扭动、转身又折返回来，海獭则占据了优势，即便是这种优势最轻微，也使得它一次又一次在毫厘之间拼命避开死神。那条大鱼鸣响的双颚不止一次在它身后猛咬在一起，仅仅滴答的瞬间，会将它拯救出来。此时，它绝望地寻求抵达那片海藻生长地中的避难所，但那个灰色的形体总是如影随形，横插在它和那个安全地之间。

终于，在这场捕猎和逃避捕猎之战中，这只海獭真有些祸不单行：它身处的那个深度让它难以忍受，需要它付出更多的氧气，它因此越来越疲劳。本来，海獭每呼吸一口空气，就能在水下待上半个小时，但在全速游动的时候，海獭的心脏则满负荷运转，"怦怦"地供血，情况就大为不同了。这只海獭绝望地意识到自己必须尽快呼吸空气，要不然便会死去，于是，它渐渐奔向水面，一路上惊恐万分，生怕自己慢了一秒，呼吸不到最后一口新鲜空气。它在绿色之中穿过整个色谱向上射去，经过铬黄、雪松色、墨绿色、桃金娘色、绿青色、翡翠绿，最后是水面上那种脉动的暗绿色。尽管如此，它也尽可能迅速游动，而那个怪物般的脑袋却始终在它的身侧晃动，即便停顿片刻，那些致命的牙齿也会死死地咬住它。它再次在毫发之间避开了那些致命的牙齿，拼命朝上面的空气游去。

正当那条大鱼转身追击，在远远的阳光下，穿过闪耀的水波，一个长长的黝黑的躯体突然向它射了过来。原来，那只雄海獭离开了海藻丛的安全之地，迅速游向那个眼神中充满怨恨的恐怖的脑袋，因为海獭的信条就是至死不渝——一对夫妻相伴至死。此时，只见它扬起浑圆的、畸形的脑袋，那蛇一般的黑眼睛犹如火焰闪烁，接着，它就像影子一样越过鲨鱼那宽阔的后背。当那条大鱼转身追踪正在逃逸的海獭母亲，雄海獭那并不锋利的牙齿——但可以把最坚硬的贝壳碾磨成粉末，此时像斗牛犬的牙齿那样，紧紧地咬住鲨鱼最后的鳍的后面，死死不放，而那个部位是鲨鱼弯曲的长尾巴与身子相连之处。大海獭鼓足巨大的双颚的力气，一口猛咬下去，立刻就咬穿了鲨鱼身上大块的肌肉，深深地陷入了那软骨组织构成的圆柱物，并咬碎了其中的一个球窝关节。

　　猛然间，那条鲨鱼犹如一根钢弹簧，身躯几乎对折了过来。随着鲨鱼身躯的迅速摆动，当那张大的双颚正要合拢之际，雄海獭迅速摆动到了另一边，却片刻不曾松开自己那惩罚性的牙齿，这样就使得那条大鱼长在下面的双颚无法触及那折磨自己的海獭脑袋——它依然死死地咬住鲨鱼的中央背脊。那个大锤脑袋一次又一次从一边扭转到另一边，但雄海獭每一次都躲开了那些相互碰撞的牙齿，却把鲨鱼背脊上一个又一个关节咬碎，而鲨鱼那不断鞭笞的尾巴的抽动变得越来越弱，渐渐松弛下去。直到海獭母亲及其幼仔安全地抵达那片海藻生长地，在水面上大口大口地呼吸新鲜空气，老雄海獭才松开残忍的双颚。然后，它犹如箭矢一般潜下去，再折返，在那条已然残废的大鱼下面和上面迅速游动，加速游向海藻密丛的隐身之处，与伴侣会合。

风暴迫使海獭一家到处寻找避难所

　　北极短暂的夏天很快就过去了，而北极冬天的一阵阵冰冷的大风接踵而至。此时，一个陆地上的敌人也会随着风暴来临，比起任何来自海洋和天空的敌人，对于海獭一家，这个敌人更具威胁性，更为凶猛，更为致命，因为这些海獭是海獭种族中最后的幸存者，它们的皮毛赏金不菲，因而让人梦寐以求，垂涎欲滴，成为上千个肮脏的阿留申①人（Aleut）和油腻的科拉什②人（Kolash）以及卡迪亚克③人（Kadiaker）贪婪的梦想，更不要说大批来自世界上五大洲的白人探险者。只有在风暴中，海藻才会被大风吹断，海獭因而被迫前往海滩和海洞去寻求避难所，而就在此时，猎人们就有机会获得这些最珍贵的皮毛动物。

最终，冬天的第一场大风降临了。日复一日，大风从东南方号叫着吹来，使得那片海岸区域风暴大作，空气中悸动着碎浪的"隆隆"声，而白浪从海峡一路南下，在纠缠的涡流中泛起泡沫，咆哮。

海獭一家自从春季就居住的那个巨大的海藻筏子，终于在大风连续不断的猛捣之下破裂了，四散开来。而海獭需要的睡眠就像人类一样多，而且还像人类一样，必须睡在能够呼吸到空气的地方。遭到这场大风的折磨，这个小小的家庭看不见远方，便开始寻觅某个合适的避难所，希望可以在那里沉睡着度过这场风暴。然而，沿着海岸好多公里，在无数荒凉的岛屿中间，它们似乎都无法找到这样一个安全之地，因为在恶劣天气露出最初的迹象时，每一寸海滩都有人巡逻，每一个小岛都有人把守。

那只雄海獭率领妻儿，前往小小的萨阿纳克④（Saanak），希望在沿岸高高堆积的、水流磨损的大圆石中间寻觅，找到一小片安全的海滩。不过，在迎风的 1.6 公里之处，它就停了下来，把它

---

①②③④均为阿拉斯加阿留申群岛的地名。

那钝形的口鼻高高地伸到大风之中，透过它那奇妙的鼻孔网眼来辨识充满盐的空气，此时它闻到了烟味——那里有一小群冷得要命的印第安猎人，躲在远远的礁石后面，生起了一堆小小的篝火。随后，那只雄海獭便毫不犹豫地呈直角转身离开，前往另一个小岛。

烟对海獭意味着死亡。在萨阿纳克那边，那只经验丰富的老海獭造访了其他海滩，却仅仅探测到了人类的脚印散发出的死亡气息，尽管那些脚印被波浪冲刷，被潮汐覆盖了，但还是充满了危险，需要它避而远之。在遥远的翁纳拉斯加①（Oonalaska），它找到了一个海洞的入口，多年以前，它就曾经在那个海洞蜿蜒的深处寻求过庇护。然而，当它把脑袋刚刚伸进那个隐藏的洞口，它那强壮的胸脯立即就撞到了一张网的缕缕丝线上，那些丝线是用海狮（sea-lion）的肌腱制成的，被含盐的海水浸泡得如此湿透而又发白，因此那只海獭无可匹敌的鼻孔都不曾察觉到这危险的气息。只听得它发出一声警告性的啁啾，阻止了紧随其后的伴侣，接着就小心翼翼地退出来，没有让自己纠缠在那些宽大的网眼中。

这一小家子强忍着无法睡眠的痛苦，立即转身，疲倦不堪地朝着遥远的阿图岛（Attoo）进发。阿图岛是北美洲陆地的最西端，它的背风面，有一片海藻筏子，因为被岸边的礁石遮挡住了，未曾被波浪击碎，尽管过于靠近海岸，而且只有在风暴中才能成为安全的避难所，但它们还是选择了这里作为临时栖息地。在这里，

---

①为阿拉斯加阿留申群岛的地名。

波浪从外面"隆隆"地冲击海藻，然而就在这片起伏的海藻中心，这一小家子完全疲惫不堪，"呼呼"大睡起来，把脑袋埋在海藻梗茎下面，它们闪耀的身躯则露出了水面。

面对海獭母子，海獭猎人突然良心发现

就在不远处的卡迪亚克岛（Kadiak Island）上，在一片悬崖脚下，迪克·巴灵顿（Dick Barrington）蹲伏着，这是他第一次进行狩猎海獭之旅。迪克是哈得孙湾公司（Hudson Bay Company）一个代理商的儿子。尽管世界上有众多的国王和议会，但这家公司却依然统治着北美洲的北极地区。翁加（Oonga）——一个阿留申猎人部落的首领，作为向导跟迪克待在一起。

"紧跟着老翁加，"那个代理商忠告儿子，"他可比他部落中的任何人都更了解海獭。而且，一千个机会中只有一个机会，而你会得到那个机会的。"

那个老首领允许这一小帮人中的其他人一个一个溜走，每个人都选择了一座小岛或者一小片海岸，希望能从这大海的彩票中抽到中彩的数字。一个又一个时辰逝去了，那个老头依然蜷缩着坐在悬崖的背风面。终于，他突然站了起来，尽管大风依然强劲，但他那双老练的眼睛已经看出大风即将平息下来，片刻之后，在迪克的帮助下，他把那艘有3个尖的、船首高高挺立的小皮艇推下水，这种小艇很独特，是用涂过油的海狮皮做成的，跟任何小艇不同的是，它永远不会下沉。

他们迅速划动船桨，越过碎浪，接着，他们直接越过海湾，穿过风暴的冲击和窒息，迅速朝着阿图岛划去。在陌生未知的范围内和隐隐出现的小岛间，老翁加凭借着丰富的经验驾驭着小艇，毫不动摇地保持着自己选定的航线，大风开始减弱之际，他们抵达了小岛背风面的那片海藻生长地。越过空心的卷须，那个老首领默默地引导那艘小皮艇，呈Z字形前行。突然，他伸出船桨碰了碰迪克的肩头，指着大约90米开外显露在海藻上的一个黑点。

两个人无比小心地划着小艇徐徐前进，直到那沉睡的海獭母亲躺在他们面前，怀抱中还紧紧抓着孩子。正当他们观察之际，那只小海獭用白色的小鼻子拱动母亲温暖的胸脯，露出一种奇怪的人类姿势，并将鼻子紧紧地裹在母亲长长的、柔滑的皮毛中，而海獭那身皮毛呈现出变幻的闪烁和波纹，浑身就像淋湿的丝绸——一个人可以用来换取自己生活的皮毛。

在这段航程开始的时候，那个老首领就把一根棍子放在了脚下。此时，迪克抓紧那根沉甸甸的短棍子，俯视着那对母子，在他看来，仿佛这片辽阔的大海对他如此信任，把这对沉睡的母子托付给了他。突然，在沉默中，在大海和天空的瞵瞵注视之下，他知道自己再也无法举起手中的棍子，砸向那个在他面前沉睡的母亲，它的怀里还抱着那可爱的宝宝，因为那样的杀戮行为无异于杀死托付给他照看的人类孩子。随着迅速的运动，他用棍子末端把水花溅到了那位沉睡的母亲身上。一瞬间，那海獭母亲就以迅速得肉眼几乎无法追踪的动作，闪电般地消失在视线之外，潜入了海藻下面，却依然紧抱着孩子。就这样，强大的母爱再次超越了死亡。

诗人译者 | 董继平

译著年表

诗集　1991年《奥克塔维奥·帕斯诗选》
　　　　1995年《四季的枫叶：多伦多诗选》
　　　　1998年《纸上幻境：布洛克诗选》
　　　　1998年《秋天奏鸣曲：特拉克尔诗集》
　　　　1998年《从两个世界爱一个女人：勃莱诗选》
　　　　1998年《时间与水：二十世纪冰岛诗选》
　　　　1998年《玫瑰祭坛：索德格朗诗全集》
　　　　2002年《安东尼奥·马查多诗选》
　　　　2002年《伊凡·哥尔诗选》
　　　　2003年《索德格朗诗全集》
　　　　2003年《W·S·默温诗选》
　　　　2003年《托马斯·特兰斯特罗默诗选》
　　　　2003年《阿蒂拉·尤若夫诗选》
　　　　2003年《二十世纪冰岛诗选》
　　　　2004年《卡瓦菲诗歌精选》

2004年《洛尔迦诗歌精选》

2011年《特兰斯特罗默诗选》

2012年《欧美诗歌典藏丛书》（共5卷）

随笔　　2005年《清新的野外》

2015年《自然札记》

2015年《鸟的故事》

2015年《猎熊记》

2015年《秋色》

2018年《探访大灰熊》

2018年《荒野漫游记》

2018年《动物奇谭录》

2018年《追寻野蜂蜜》

小说　　2017年《了不起的盖茨比》

自然物语丛书（第一辑）

这个世界的启示在荒野

无论你是在山林、湖畔、路边，还是在人类可以前往的所有荒野，都可以用约翰·巴勒斯的观察方式来探究自然。

——《自然札记》

鸟类世界与人类世界惊人地相似，充满了战争与爱情、欢乐与悲哀。

——《鸟的故事》

自然物语丛书（第一辑）

这个世界的启示在荒野

梭罗从季节的变迁、泥土的气味、种子的成长与果实的成熟中，捧出这些朴素然而闪光的文字。
——《秋色》

出人意料的是，一个政治家以优美的文笔描述了危机四伏的野外狩猎生活。
——《猎熊记》

自然物语丛书(第二辑)

每一个生命都值得敬畏

这是美国博物学家、著名自然文学作家、"落基山公园之父"埃诺斯·米尔斯作品在中国的首译。
——《荒野漫游记》

本书叙述了作者在山野间漫游时对北美最大的陆地野生动物——大灰熊进行探索的种种经历和真实奇遇。
——《探访大灰熊》

自然物语丛书(第二辑)

每一个生命都值得敬畏

地球上的一切生物都绝非呆若木鸡,造物主为自己可爱的小动物创造了一个个奇迹。
——《动物奇谭录》

当人们被困在水泥格子中大口喘息时,这样一本佳作却给我们带来了绿色的呼吸。
——《追寻野蜂蜜》